近藤史恵

風待荘へようこそ

角川書店

風待荘へようこそ

装丁　鈴木久美
装画　嶽まいこ

1

指定席の座席に腰を下ろして、わたしは背もたれに身体を預けた。

新幹線には何度も乗った。子供が生まれる前、会社員として働いていたときは、地方の顧客に会うために、大阪や名古屋《なごや》や広島に何度も通ったし、仕事を辞めてからも、夫の実家の奈良に行くために年末や、お盆の混んだ新幹線に乗った。

夫の転勤で、三年間福岡に住んだときも、新幹線はよく利用した。闘病中だった母に会うために、何度も東京に帰ったし、母の危篤の知らせを聞いて、台風の日の新幹線に飛び乗ったときの不安な気持ちは今でも忘れられない。大雨のため、新幹線は何度も止まり、数時間遅れで東京駅に到着したときは、東京駅の灯《あか》りも消えて、在来線の終電ももう行ってしまった後だった。長蛇の列に並んでタクシーに乗り、ようやく病院に到着したときには、母の心臓はすでに止まっていた。

だが、もうここには帰らないかもしれないと思いながら、新幹線に乗るのははじめてだ。転勤が決まって福岡に向かうときも、三年後には東京に帰ることが決まっていた。

だが、今はわからない。もうわたしには東京に帰る場所はないのだから。


自己紹介をするとき、自分の名前を言わなくなって何年経つだろう。

保泉《ほずみ》の妻です。保泉佐那《さな》の母です。それだけで特に問題はなかった。保泉さんの奥さん、佐那ちゃんのママ。眞夏《まなつ》という自分の名前などどこかに置き忘れてしまったかのようだ。

別に平気だった。困ったこともなく、寂しいと思うこともなかった。だが、今わたしは戸惑っている。わたしはもう保泉の妻ではない。かろうじて、佐那の母ではあるが、もう誰もわたしを、佐那ちゃんのママとは呼ばないだろう。

離婚をきっかけに、小野田《おのだ》という旧姓に戻ろうかとも考えたが、父とは折り合いが悪く、姉とも母の介護をめぐって、ギスギスしてしまっている。法事の連絡くらいしかこないし、なにより、母の一周忌の時、姉からはっきりこう言われた。

「眞夏はもう、小野田の家の人間じゃないから」

結婚して姓が変わったという意味だけには思えなかった。姉はずっと独身で、気むずかしい父の面倒をみている。母が倒れて、余命宣告されたときも、休職して最期まで介護をした。そのことには感謝をしているが、会うたびに「あんたはなにもしていないのに、口だけ出す」と言われたことは心の奥の傷になっている。

わたしだって母のことは心配だった。だが、当時、佐那は福岡の中学に馴染《なじ》めずに、しばらく不登校になってしまっていたし、お金を送ろうにも、そのときは働いていなかったから自由になるお金も少なかった。

東京に帰ったら、今度は賃貸ではなく、中古でもマンションを買ってゆったりと暮らそうという話を夫ともしていた。できるだけ出費は抑えたかった。

眞冬《まふゆ》という名前の通り、常に言葉と態度にあたたかみのない姉だった。まあ、姉からすると、わたしの頭はいつも常夏でおめでたいとでも言いたそうだが。

もう小野田に戻りたい気持ちもない。だが、保泉という姓が心の底から馴染んでいるわけでもない。妻でもない。母とも呼ばれないかもしれない。

眞夏という名前はあっても、誰もその名で呼んではくれないのだ。

あまりの寄る辺なさに、わたしは新幹線の座席で少し泣いた。隣のサラリーマンが、ぎょっとした顔になった後、寝たふりをした。

We will soon make a brief stop at KYOTO.

英語アナウンスを聞きながら、網棚のスーツケースを下ろす。

何度も通過した駅だが、ここで降りることはほとんどない。まだ結婚する前、大学時代の友達と、一緒に京都旅行をしたとき以来で、その前は中学の修学旅行。

たった二回訪れただけの、あまり知らない街なのに、なぜかこの街に関する知識だけはたくさんある。金閣寺《きんかくじ》、哲学の道、清水寺《きよみずでら》、宇治平等院《うじびょうどういん》。湯豆腐と生八ツ橋。

パンデミックの最中はあまり観光客がいなかったと聞くが、今は海外からの観光客が押し寄せているらしい。

確かに、同じように京都で降りるのは、わたしの倍くらいの大きなスーツケースを持った外国人ばかりだ。

その中に埋もれながら、新幹線を降り、流れるように改札に向かう。

最低限必要なもの以外は、ほとんど処分をした。残り、あと何箱かの段ボールは、宅配便の引っ越しプランを使って、滞在先に送った。

そう、わたしはこれから、観光地としての顔しか知らないこの土地に、しばらく住むことになる。とりあえずは半年、その後のことはまだわからない。

京都にくることになったのは、ひょんな巡り合わせだった。

家族が誰もいなくなった家で、捨て鉢な気持ちになったわたしは、現実の知人とあまりつながっていないソーシャルメディアで、思いの丈をぶちまけたのだった。

いきなり夫に離婚を切り出されたこと。娘も夫と一緒に暮らすと言うから、たったひとりになってしまったこと。今は家族と一緒に住んでいた家にひとりで残っているが、賃貸なので近いうちにここを出なければならないこと。

とりあえず、財産分与を受けた分と、慰謝料としてもらったお金はある。家を買う頭金のつもりで貯めたお金が、そのままわたしのところに転がり込んできた。うれしくもなんともないし、これだけで一生生きていけるわけではない。働かなければ、いくら節約しても三年くらいで底をついてしまうだろう。

だが、十年働いていない四十五歳の女性にどんな仕事があるというのだろう。今は募集に年齢や性別を書いてはならないらしいが、たぶん採用元には明確な基準があり、それから外れた者は、いくら応募しても雇ってもらえるはずはない。

わたしが会社員として働いていたときには、中途採用でもせいぜい三十五歳くらいが上限だったはずだ。

わたしの人生はなんだったのだろう。何度もそう思った。本当は子供ができても仕事を続けたかったし、最初のうちは、佐那を保育園に預けて、時短勤務で頑張った。

佐那が小学生の時、夫が転職した。給料は上がったが、その代わり、転勤の多い職場だった。転職して一年後、北海道への転勤が決まった。一瞬、夫には単身赴任してもらえないかと思った。だったら、佐那も転校しなくて済む。

だが、夫は首を縦に振らず、結局わたしが仕事を辞め、家族で札幌《さっぽろ》に住むことが決まった。

札幌は美しく、住みやすい街だったたし、すぐに好きになった。札幌に住めたことはよかったと思っている。

だが、それっきりわたしはフルタイムでは働いていない。

札幌に二年、それから、東京に戻って二年、次は福岡で三年、佐那の高校受験に合わせて東京に戻った。

幸い、佐那は大学までエスカレーター式にあがれる私立高校に入学することができた。佐那が大学を卒業するまでは、たとえ転勤があっても、ついて行くのはやめよう。狭くてもいいから中古のマンションを買って、落ち着いて暮らすのだ。できれば派遣でもいいから仕事を再開したい。

それには夫も同意していたはずだった。それなのに。

いきなりはしごを外され、わたしはどこへも行けないまま、その場に立ちすくんでいる。

そんな思いをぶちまけた後、ずっと相互フォロワーでたまにコメントをつけあっていたアカウントからメッセージが届いた。

芹《せり》と名乗るその人は、プロフィールにこう書いていた。

「京都でゲストハウスやってます」

四季折々の京都の風景や、和菓子の写真が素敵でフォローしたアカウントだった。すぐにフォローバックしてもらえ、わたしが上げる、佐那のための弁当の写真や、料理の写真によくコメントをつけてくれていた。

「まなさん、いきなりメッセージを送ってすみません。実はわたし、少し体調を崩してしまっていて、ゲストハウスの仕事を手伝ってくれる人を探しています。お給料はあまり多く払えませんが、その代わり、長期貸しのシェアハウスが一部屋空いているので、そちらに住んでくださってかまいません。できれば半年くらい……。もちろん、少しでも早く長期の仕事を探したいというのなら、遠慮なく断ってください。でも、もし、お気持ちを整理する時間が必要なのだとしたら……少し、わたしと一緒にたゆたってみませんか」

その最後の一行が胸に突き刺さった。

思えばこの数ヶ月、わたしは洗濯機の中に放り込まれたように振り回されっぱなしだった。

夫は、もう何年も前から離婚を切り出すことは決めていたと言った。佐那の受験が落ち着いたら言うつもりだった、と。

それを聞いたとき、怒りで頭が沸騰するかと思った。家を買うという約束はどうなったのだ。そのために節約をしてきたわたしの努力は。どうせ、終わりになる関係なら、夫のことなど放っておいて、母の看病に東京に戻ればよかった。

「言うタイミングをずっと考えていたんだ。佐那は難しい時期だから……」

なんなのそれ、としか思えなかった。その間、夫と交わした会話は全部嘘だったということではないか。

急《せ》かされず、強要されず、誰もわたしのことを知らない場所で、半年くらい気持ちを整理する。それが今の自分にいちばん必要なことのように思えた。

わたしはすぐに、引き受けるという内容のメッセージを送っていた。

たとえ、ひどい目に遭ってもかまわないと思った。昨日と同じ日常を過ごしていても、ひどい目には遭うのだ。


地下鉄を乗り継いで、東山《ひがしやま》という駅で降りた。

駅の外に出て、思わず立ち止まった。山が目の前にあった。空もやけに近い。世界がコンパクトにまとまっている。

これまでわたしが観てきた景色とは、まったく違う。東京とも違うし、札幌や福岡とも違う。高い建物がほとんどないのだ、と、すぐに気づく。だから空がすぐ近くにあるような気がする。

近くには、平安《へいあん》神宮などの名所もあるし、八坂《やさか》神社などからもそれほど遠くないと聞いていたが、通りにはあまり観光客らしい人もおらず、地元の人たちが歩いているだけだった。

送ってもらった地図の画像には、小川に沿ってしばらく歩くと書いてあった。見回せば確かに幅の狭い川があった。

さらさらと水が流れていて、なぜかそれを見ているだけで、少し不安が安らぐ気がした。

大きな川を見ていても、そんな気持ちにはならなかった。なのに、この日照りが続いたら簡単に干上がってしまいそうな小さな川に、わたしは心を慰められている。

スーツケースをガタガタ言わせながら歩く。川沿いには、小さな古い家が並んでいた。この街は、他の街とはどこかが違う。

まだ到着して間もないのに、そんな強い確信に襲われる。

地図に従って、細い路地に入る。両方の家の塀に挟まれて、人がふたりすれ違うのがやっとの細い道。そこを通り過ぎると、古い京町屋が二軒、並んで建っていた。

片方の軒先には提灯《ちょうちん》がぶら下がっていて、ゲストハウス風待荘《かざまち》と書いてあった。ここが目的地だ。

インターフォンを探すが、そんなものはない。引き戸に手を掛けると、するすると開いた。鍵《かぎ》はかかっていない。

「ごめんください」

声をかけるが、返事はない。午後一時くらいに訪問するということは伝えていたはずだ。時計を確認すると、一時五分前だ。早すぎるということはないだろう。

ふいに上から声が降ってきた。

「保泉さん？」

顔を上げると、隣の町屋の二階から、ピンク色の髪の若い女の子が顔を覗《のぞ》かせていた。

「あ、はい、そうです」

芹さん――芹澤《せりざわ》さんは、こんなに若い人なのだろうか。

「待ってて、今下りていく」

その言葉通り、ぱたぱたと足音を立てて、ピンクの髪の女の子は二階から下りてきた。引き戸を開けて、手招きする。

「そっちがゲストハウスで、こっちはシェアハウス。スーツケース、こちらに置いたら？　部屋も聞いてるから案内するよ」

メールでやりとりしていたのと、雰囲気がまったく違う。戸惑いながら、シェアハウスの方に入る。

引き戸から入ると、中は広い土間になっていた。靴箱にはカラフルな女物の靴がたくさん入っている。

「どうする？　先に部屋に入って休む？　それとも家の中、案内しようか？　わたし、今日は一日家にいるからどっちでもいいよ」

「えっと……芹澤さんですか？」

わたしのその質問に、彼女は目を大きく見開いた。長いまつげが音を立てそうなくらいのまばたきをする。

「あっ、ごめんごめん。わたしは大鳥波由《おおとりはゆ》。波由って呼んで。こっちのシェアハウスの住人。

芹姉さんは、ちょっと昨日の夜から体調崩して、病院に行ってる。今日帰ってくるかどうかはわかんない。あ、でも、心配しなくていいよ。今はわたしが、姉さんの仕事を手伝ってるし、保泉さんにはわたしのやってることを引き継いでもらうから、ちゃんと説明できる。どうする?」

「家の中を案内してほしいです」

気が張っているからか、疲れたような気がしない。

「オッケー。まずは上がって。こっちの棟はシェアハウスね。二階に三部屋あって、一階が二部屋で、ひとつは、芹姉さんの部屋。そして、保泉さんは一階の、もう一部屋を使って」

廊下をぺたぺたと歩いて、奥に向かう。広い掘りごたつの部屋があり、廊下の向こうには、南天の木の植わった坪庭があった。反対側のゲストハウスの方からも坪庭は見えるようだが、ガラス張りになっていて、出入りはできないらしい。

波由はわたしに鍵を差し出した。

「ここが保泉さんの部屋」

引き戸なのは、他の部屋と一緒だが、一応鍵がかかることにほっとする。引き戸を開けて、スーツケースを中に入れる。六畳ほどだろうか。布団が部屋の隅に重ねてある。あとは、小さなシンクと一口コンロ。キッチンと言うにはあまりにも小さなキッチン。

大した料理はできそうにない。少し寂しく思った。

その気持ちを読んだように波由が言った。

「土間の隣に、大きめの台所があるよ。そこは好きなように使っていい。大きい冷蔵庫もある」

それを聞いてほっとする。いくら仮住まいといえども、自分の作った料理が食べられないのは悲しい。

「あと、この隣がお風呂《ふろ》とトイレ」

がらりとつきあたりの引き戸を開けると、そこには真新しくリフォームされたバスルームがあった。その隣のドアがトイレらしい。

「トイレは、二階にもあるから、二階の住人はだいたいそっちを使うことが多い。さっきの掘りごたつの談話室でくつろいでるときは、たまにこっち使うかな。お風呂を使うときは、この札を『入浴中』にかけ替えて」

見ればバスルームの横に、小さな木の札がかかっている。今は「空いてます」と書いた方が正面を向いているが、裏返すと「入浴中」になるようだった。

「あと、五分くらい行ったところに銭湯もあるからさ。わたしは銭湯に行くことが多いかな。こっちの風呂は、使った人が洗う決まりだから」

なるほど、それなら銭湯に行きたくなる気持ちもわかる。

「こっちの二階は後でいいよね。台所見る？」

「見たいです」

わたしたちは、廊下を引き返して、土間に戻った。波由は靴箱の下駄を引っ張り出して、履いた。わたしにはつっかけを出してくれる。

つっかけを履いて、波由の後に続いた。ドアを開けると、鰻《うなぎ》の寝床のような細長い台所があった。タイル張りのシンク。その横には、作業スペースと大きな四口コンロがあった。細長いことさえ別にすればスペースは充分ある。二、三人並んで料理できそうだ。

わざわざつっかけを履かねばならないことだけが、少し不便と言えるだろうか。

「じゃあ、ゲストハウスの方も見る？　間取りはほぼ同じだけど」

「お願いします」

ゲストハウスの方も、広い談話室と共同のキッチンがあるのは同じだが、お風呂の代わりにシャワーブースがふたつあった。土間にはカウンターがあり、そこで宿泊受付をするようだった。

「今は四室埋まっているから、空いている部屋だけ見せるね」

そう言って、波由は二階に上がっていき、いちばん手前の引き戸を開けた。

六畳ほどで、文机《ふづくえ》があるのは、わたしの部屋と変わらない。シンクはあるがコンロはなく、代わりに電気湯沸かしポットが置いてあった。

「一応、こちらのゲストハウスは、一週間以上の滞在者しか受け付けてないから、そんなに毎日出入りがあるわけじゃないけど、宿泊者がくる日の到着時間と、チェックアウトがある日の午前中はここにいるようにしてほしい。もし、どうしても無理だったら、わたしでもいいし、他のシェアハウスのメンバーに頼んで。まだ姉さんもしばらくは家にいると思うし。仕事の内容は、また後で教えるね」

わたしは気になっていたことを、口に出した。

「芹さん……芹澤さんって、どこが悪いんですか……」

波由は顎《あご》に指を当てて少し考え込んだ。

「ん……わたしは聞いてるけど、できたら姉さんから聞いてほしい。いろいろデリケートな話だからさ。わたし、ガサツだから適当なこと言っちゃうし」

「わかりました」

それから、仕事について教わった。ゲストハウスの土間にパソコンがあり、そこで予約をチェックしたり帳簿を付けたりできるらしい。

毎日必ずすることは、ゲストハウスの共有スペースの掃除と、インターネットで予約のチェック。あとは、チェックインとチェックアウトの業務と帳簿を付けること。無料で提供しているお茶や、その他の備品のチェックと発注。お金に関しては、予約時に全額前金で振り込んでもらうから、普段は扱わなくてよいということだった。

部屋の掃除は、滞在中は客自身で行ってもらうから、頼まれたときと、チェックアウトのときのみ。ゴミは、共有スペースのゴミ箱に各自で捨ててもらう。

一般的なホテルと比べると、かなり業務内容は少ない。ワンオペでも回せそうだ。

「姉さんが病気になる前は、一泊から受け付けてたし、掃除も毎日やってたから、たぶんもっと忙しかったと思う。しばらく閉めようかと悩んだみたいだけど、せっかく観光客も戻ってきたし、できる範囲でやることにしたみたい。と、いっても、保泉さんがきてくれなかったら休まないといけなかったと思うけどさ」

パソコンをシャットダウンすると、波由は言った。

「わたしが手伝うつもりだったんだけど、珍しくオーディション受かっちゃって」

「オーディション？」

「そう。わたしは舞台俳優やってんの。普段は京都の劇団に所属しているけど、いろいろオーディションも受けてる。そんで、この夏、大きい舞台のオーディションに受かったから、三ヶ月ほどここを離れるんだよね。稽古《けいこ》で一ヶ月、それから東京で一ヶ月公演して、あとは地方を回って一ヶ月」

そう言えば、彼女の声はとてもよく通る。

「おめでとうございます」

そう言うと、波由はニッと歯を見せて笑った。

「まあ、アンサンブルですよ。メインキャストじゃないんで」

それでもやりたいことがあって、それを引き寄せようとしている人は、まぶしいと思った。

「そうそう。保泉さん、今日、晩ご飯どうする?」

まだまったく考えていない。どこかに食べに行くか。それとも自分で簡単なものでも作るか。

「今日、二階のメンバー三人で、なんかデリバリー頼もうかって言ってるの。保泉さんもよかったら」

「三人?」

「そう。わたしと、ふうちゃんと、浅香《あさか》さん。もし、芹姉さんが帰ってきたら一緒に食べるかも」

これから一緒に過ごすことになる三人だ。親交を深めておいた方がいいだろう。

「いいんですか?」

「いいよー。デリバリーだからみんな好きなもの頼むだけだけど」

デリバリーなど、頼んだことはない。どんなに忙しくても、手作りの栄養バランスに配慮した食事を家族に提供してきた。それがわたしの誇りだった。

もうしばらくは誰かのために料理をする必要などない。そう思うと喉《のど》になにかが詰まるようだった。

毎日食事を作っていたときは、たまには誰かが代わってくれればいいのにとしょっちゅう思っていたのに。

それでも、はじめての京都の夜、ひとりで過ごさなくてもいいことは、少しだけわたしの気持ちを軽くした。

自分の部屋に入って、戸を閉める。窓を開けると、庭が目に入った。まだ旅館か誰かの部屋にいるみたいで、少しもくつろげない。とりあえず化粧を落として、部屋着に着替えた。

佐那にメッセージを送る。

「無事に京都のシェアハウスに到着しました。京町屋って言うのかな。とても素敵です。街並みも写真映えする感じだから、紅葉の季節か、年末にでも遊びに来るといいよ」

新しいお母さんとは上手《うま》くやれてますか？

そう書きかけて消した。上手くやれると思うから、一緒に暮らすことにしたのだろう。子離れできない自分が嫌になる。

佐那はもう十六歳で、たぶんあと十年経たないうちに家を出て行くだろう。それは覚悟していた。だけど、年上の知人は「なかなか娘が家を出て行かない」と愚痴っていたし、まだしばらくは時間があると思っていた。最近の女性は結婚が遅くなっていると聞くし、生涯未婚の人も増えている。もしかしたら、ずっと一緒にいられる可能性だってあるかもしれない。

たとえそうなっても、わたしは佐那に結婚しなさいなどと言うつもりはない。彼女の自由な生き方を応援するのだ。

だが、佐那の選んだ自由は予想外過ぎて、わたしはまだそれを受け入れられないでいる。佐那にうんざりされることが怖くて、本心すら言えていない。

十五分くらいしてから、スマートフォンが着信音を立てた。

「お家《うち》、素敵でよかったね。でも、紅葉のシーズンは人で一杯だろうし、年末はめちゃくちゃ寒そうだからわたしは行きません。ママが帰ってきたらいいのに。そしたらごはんでも行こうよ」

そうだ。今は十月のはじめで、心地よい季節だが、京都の冬は底冷えがすると聞く。そう考えると、急に不安になった。

この木造の開口部の多い町屋では、きっと寒さは厳しいだろう。マンションのキッチンですら足が冷えて困ったのに、土間の台所に立つことを思うと、身震いした。

寒がりなわたしは、寒さにこてんぱんにやられて、泣きながら東京に帰ることになるのかもしれない。

思えば、札幌では室内は断熱が効いていて暖かく、それもその街が気に入った理由のひとつだった。外が寒くても、室内が暖かければ快適に過ごせるのだと知った。

京都はどうだろう。わたしはこの街を好きになれるのだろうか。

少なくとも、今のところはまだ大丈夫だ。

たぶん、秋も年末もゲストハウスは忙しい時期だろう。きっと東京には帰れない。なぜか、そのことに少し安心する自分がいた。

未練がましい姿を、佐那に見せないですむだろうから。

2

約束の七時に談話室に行くと、そこには金髪の西洋人女性がひとりで座っていた。四十代くらいだろうか。大柄でがっしりしている。

働いていたときは、少しは英語も使ったが、もう長いこと使っていない。なんと話しかけていいのか戸惑っていると、彼女がわたしに気づいた。

「保泉さんですか?」

流暢《りゅうちょう》な日本語だった。

「わたしは、フラプニルドゥル・ヨウンドッティルです。ここに住んでいます」

一度聞いただけではまったく覚えられない。復唱しようとしても、記憶のどこにも引っかからない感じだ。

慣れているのか、彼女は気を悪くした様子はなかった。

「日本の方にはたぶん、発音が難しいと思います。ここではみんなふうちゃんと呼びます」

たしか、波由もふうちゃんという名前を口にしていた気がする。

「保泉さんはお名前は？」

「あ、保泉眞夏です」

「眞夏さん、夏真っ盛りですね。素敵なお名前ですね」

他人に褒められること自体がひさしぶりで、わたしは思うように返事ができない。なんとか笑ってこう言った。

「でも、最近の夏って暑すぎますよね。今年も三十五度とか、三十七度とか」

「日本ではそうですね。わたしが生まれたところでは、夏は本当に素晴らしい時間なんです。二ヶ月くらいしかないし、十五度くらいまでしか上がりませんが」

夏が十五度なんて、信じられない。冬の暖かい日ならそのくらいの気温になりそうだ。

「どちらからいらしたんですか？」

「アイスランドです」

名前は知ってる。ジェンダーギャップの少ない北欧の島国だ。だが、それ以上のことはなにもわからない。

階段から誰かが下りてくる足音がする。

「アイスランドとアイルランド、羊がいるのはどっちだっけ」

波由は半分笑ってるような顔でそう言った。

「どっちにも羊はいますね」

ヨウンドッティルさん――ふうちゃんの顔も笑ってるから、これは二人の間で繰り返される冗談なのだろう。

「浅香さん、三十分ほど遅れるらしいよ。代わりにビール買ってきてくれるって。保泉さんはお酒飲む？」

「一杯くらいなら……」

波由の質問に答える。友達と出かけたときに、ビールかワインを一杯飲むだけだ。昔はもう少し飲めたが、今は自信がない。

「なに頼む？　ピザ？　中華？　寿司《すし》？」

波由はタブレット端末をいじって、メニューを表示させた。

「わたしはなんでも……」

そう言うと、波由は端末をこちらに差し出した。

「えー、保泉さん決めてよ。まあ、歓迎会というにはしょぼいし、たぶん、芹姉さんが帰ってきてから、本格的な歓迎会やると思うけどさ」

一応、端末を受け取ったが、ずらりと並んだ見知らぬ店名に、わたしは困惑することしかできなかった。

ようやく自分が決めない言い訳をひねり出す。

「わたし、このあたりのお店、あんまり知りませんから、皆さんで選んでください」

「ええー、チェーン店がほとんどだよ」

そう言いながら、波由は端末を手にする。

「じゃあ、中華にする？　浅香さんはなんでもいいって」

「中華にしましょう」

ふうちゃんもそう頷《うなず》いた。

手慣れた仕草で注文する波由の隣で、わたしは動揺していた。

決められない。夕食になにを食べるかということすら、自分ひとりでは。

いつも、夫や佐那がなにを食べたいかを優先してきた。そのくせ、ふたりが「なんでもいい」と言うと、「なんでもいいと言われても困る」と文句を言ったりしていた。

だが、なんでもいいとしか言いようがない。自分がなにを食べたいかもわからない。

ひとりのときは、まだわかる。簡単なものが食べたいこともあれば、テレビやネットで見たレシピを試してみたいと思うときもある。

なのに、誰かがいると、とたんにわたしの欲望は迷子になる。

注文を終えた波由に聞いてみた。

「芹澤さん、今日は帰りが遅くなるんですか？」

「んー、どうやら今日は帰れないみたい。熱が下がらないから入院になるって……」

ふうちゃんが後を続けた。

「免疫力が下がってるから、いろいろ感染しやすいらしいんです。骨髄の病気だそうです」

「それって……白血病なんですか……」

波由は首を横に振った。

「白血病ではないんだって。ほら、白血病って血液のがんって言われるでしょ。悪い白血球がどんどん増殖してしまって命にかかわるとかなんとか……芹姉さんの病気は、骨髄がうまく血液細胞を作れなくなっているけど、悪い細胞がどんどん増えてるわけじゃないから、輸血を継続的にしていれば、死ぬようなことはないって」

それを聞いて、胸をなで下ろす。だが、輸血が必要だというのは、軽症だとは思えない。

「根本的に治すには、骨髄移植が必要らしいけど、それにはドナーと型が合わないといけないとかなんとか……、もう何万分の一の確率だとかなんとか……ごめん。わたし、本当にくわしいこと知らないんだよね」

「いえ、大丈夫です」

正式な病名を聞いたからといって、わたしもなにかがわかるわけではない。だが、命に別状はないとしても、難しい病気であることには違いないだろう。

しばらく、このあたりの店の話などを聞いているうちに、デリバリーで頼んだ中華料理が届く。

肉団子、炒飯《チャーハン》、唐揚げ、餃子《ギョーザ》、コーンスープ。自分から、波由に注文をまかせたのに、野菜が少ないなんて考えてしまう。

「ただいまあ」

コンビニの袋を持って、女性が入ってくる。五十代くらいだろうか。

白髪交じりの短髪で、眼鏡を掛けている。

「あ、浅香さんおかえりー」

波由が声を上げる。

シェアハウスというからには、住んでいるのは若い人だと想像していたが、平均年齢がかなり高い。若いのは波由だけだ。

「浅香さんはね、この近くの大学で教えていて、東京と二重生活なの」

波由が教えてくれる。

なるほど、東京に自分の拠点があるのなら、京都の方はシェアハウスで充分なのかもしれない。

浅香さんは、ローテーブルに並ぶ中華料理を見て、声を上げた。

「野菜が全然ないじゃん！　トマト買ってあるから切る？」

「やったー。浅香さん大好き」

彼女は、荷物を置いただけで、そのまま台所に向かった。すぐにガラス皿にカットしたトマトを盛って帰ってくる。

「浅香さん、こっちが保泉さん。ゲストハウスの方の手伝いにきてくれたんだって」

「はじめまして！　よろしくお願いします」

「こちらこそ、よろしくお願いします」

にこやかに挨拶《あいさつ》されて、わたしももごもごと返事をする。

わたしたちは、缶ビールを開けて乾杯し、食事をはじめた。

「保泉さんは、ご家族は？　言いたくなかったら、言わなくてもいいけど」

浅香さんにそう尋ねられて、わたしは口ごもった。言いたくないというわけではない。どこまでを自分の家族と呼んでいいんだろうか。

「夫とは、二ヶ月前に離婚して、娘もそちらに行きました。だから今は家族は……」

「そっかー。わたしは東京でも京都でもひとりだよ」

浅香さんがそう言うと、波由が彼女にもたれかかった。

「えー、水くさーい。いつでも娘と呼んでくれていいのにー」

「そんな不良娘はいらない」

仲の良さに思わず微笑んでしまう。

「ふうちゃんは、夫と息子がいるんだよね」

浅香さんがそう言ったことに、わたしは驚いた。

「はい、レイキャビクに住んでいます」

ふうちゃんが、京都の大学の院に通っていることは先ほど聞いていた。


わたしは喉元《のどもと》まで出かかった言葉を呑《の》み込んだ。

(子供さんとお連れ合いの方はどうしていらっしゃるんですか?)

たまに友達と会ったり、転勤先からひとりで東京に帰ったりしたときに、わたしも同じことを聞かれた。そのたびに不快な思いになった。

夫がひとりで仕事をしたり、趣味の登山に出かけたりするときにはそんなことを聞かれることはないだろう。佐那の面倒はわたしがみるのが当たり前だと、誰もが思っている。

なのに、わたしもそれを、ふうちゃんに聞きたくなってしまう。

ふうちゃんは笑顔で話し続ける。

「『源氏《げんじ》物語』の研究を大学生の時はじめて、日本語も勉強して、何度も日本にはきました。それでも習慣や、風俗などわからないことばかりです。だから、いつか長い期間、日本に住んで、日本で勉強したかったです。それも京都で。だから、チャンスがもらえて、本当にうれしかったです。夏はちょっとあまりにも大変でしたけどね」

「ふうちゃん、夏の間はアイスランドに帰ってたくせに」

「でも、祇園祭《ぎおんまつり》までは頑張りましたよ。あれ以上は無理です。死んでしまいます」

たしかに今年の夏は尋常ではなく暑かった。

わたしはいつのまにか、作り笑いを浮かべていた。心の中で小さな枝がぽきぽきと折れるような音がしていた。

「息子さんって、おいくつですか？」

そのくらいは聞いても許されるだろう。

「今、十五歳です」

佐那よりも少し年下だ。受験などは、日本と違うシステムなのだろうか。

佐那が十五歳の時、佐那を置いて海外に勉強に行くことなどできただろうか。そんなことは考えもしなかったし、もし考えたとしても夫からも、義母からも許してもらえなかっただろう。

そんなことを言い出すことすら、非常識だと言われたはずだ。

国が違えば、習慣も違う。日本ではそもそも社会人が大学や院で学ぶこと自体が一般的ではない。

そんなふうに心でつぶやいて、ざわつく気持ちを抑え込む。

それでも、もしわたしが、佐那を育てながらも知的好奇心を持ち続けて、できないまでも海外に留学したいと考えるような女性だったら、彼はわたしにうんざりしたりはしなかったのかもしれない。

（きみといると、息が詰まるんだ）

離婚を切り出されたときの、彼の顔を思い出す。これまで保ってきた作り笑いと穏和な表情がすべて剝《は》がれて、あきらかにわたしを見下した顔をしていた。

（話は、近所の人たちの噂話や、家のことばかり。政治にも社会にもまったく関心がない。知的好奇心も全然ない。なんとかきみを尊敬しようとしていた。でも、難しかった）

話題はいつの間にか、波由の仕事のことに移っていた。そのことにほっとする。

若い子の話なら、母親のような気持ちで聞ける。

浅香さんが、波由が出る舞台のポスターを見たと言っていた。

「すごいじゃない。あんまり舞台観ないわたしでも知ってる有名な人が出てるし」

「まあねー。でも、アンサンブルだしさ」

「それでもチャンスでしょ」

「うーん、どうだろう」

波由はビールの缶を頰に当てながら、首を傾げた。

「日本って、だいたいメインキャストの人ははじめからメインキャストで、アンサンブルの人は、どんなに長く続けてもアンサンブルって感じなんだよね。もちろん、例外もあるし、みんなそれでもいいと思うから、舞台に立つわけだけど……」

ふうちゃんが優しい声で言った。

「それでも続けなければ、夢は叶《かな》わないです」

波由は小さく頷いた。

「うん、そう。本当にそうだよね」


食事が終わると、浅香さんが言った。

「今日はわたしが片付けるから、みんな休んで。ふうちゃんも、読まなきゃいけない資料があるんでしょ」

「やったー。浅香さん大好き」

波由がそう言って立ち上がる。ふうちゃんもお礼を言って立ち上がった。

デリバリーだから、自分たちで用意した食事よりも後片付けは楽だが、取り分けた皿やグラスを洗ったりしなければならない。料理のパックだって、洗って分別しなければならないだろう。

「あの、わたし、手伝います」

そう言っても、浅香さんは遠慮しなかった。ふたりでキッチンに食器とゴミを運んで洗う。

シンクが広いからふたりでも作業できる。

「デリバリーは楽だけど、プラゴミがたくさん出るのが環境によくないよねえ」

浅香さんのことばにわたしは頷いた。

「そうですよね」

それでも、リラックスして食事ができて、みんなとの距離も近づいたような気がする。

少しだけ、胸に溜《た》まった澱《おり》を吐き出したい気持ちになった。

「すごいですよね。アイスランド、さすがジェンダーギャップが世界一少ない国ですね」

ふうちゃんを悪く思ってはいないし、彼女が子供を軽んじているとも思わない。むしろ、のびのびと勉強する母親を見ることは、子供にとっていいことかもしれない。

それでも少し愚痴りたい気持ちはある。

「わかるわかる。わたしも九州《きゆうしゆう》出身だからさ。こう見えてちょっと男尊女卑を内面化しちゃってるところあるからね。ああいう話を聞くと、えっいいの?と思っちゃう。そう思う方がおかしいことはわかってるのにね」

浅香さんが、プラゴミの水気を切りながら、そう言った。

自分が感じたことを頭ごなしに否定されなかったことに、ほっとした。同時に浅香さんの優しさを感じた。

「九州なんですか?」

「そう、福岡。まあ大学進学でさっさと逃げ出しちゃったけどね」

「わたしも福岡に三年住んでました。ごはん、おいしくていいとこですよね」

「うん、わたしも嫌いじゃないよ。家族からきちんと距離を置ければね」

それもわかる。古い感覚の家族がいるか、いないかで、息苦しさはまったく違う。

「でも、わたしみたいな仕事してると、同業者夫婦の妻の方が海外に赴任したり、研修に行ったりってたまにあるんだよね。だから、アイスランドだから、日本だからって部分はあんまり感じないかな……」

浅香さんの言葉に驚く。

「そうなんですね……」

「でも、それが多くの人たちにとっては、全然普通じゃないことはわかる。年上の人たちや男性たちだけじゃなくて、当事者の女性たちにとっても」

「そうですよね。わたし、世界が狭くて……」

自分のまわりのことしか知らなかったし、考えられなかった。そんなふうな生き方があるなんて、考えたこともなかったし、どこかで、責めるような目で見てしまう自分を切り離せない。

浅香さんはプラゴミをまとめて、ゴミ袋に入れた。

「みんな、一日は二十四時間しかないし、そこは誰もが平等なんだよね。でも、長時間労働していたり、常に誰かのことを気にかけてケアしたりしている人は、自由に使える時間が少ない。

もちろん、そんな中でも睡眠三時間で頑張る、体力と根気のある人がいるかもしれないけど、誰もがそんな人間になれるわけじゃない。わたしが、今の仕事を続けてこられたのは、結婚もせずに親の介護も運良くせずにすんで、自分のために使える時間がたくさんあったからだと思ってる」

わたしは手を止めて、浅香さんの言葉を聞いてしまっていた。

ずっと、なにかを成し遂げた人は、才能があって頑張った人だと思っていた。そんなふうに考えたことはなかった。

「結婚して、子供がいても、連れ合いが協力的な人、家族のサポートが受けられる人と、そうじゃない人では、自分のために使える時間は全然違うよね。もちろん、体力のあるなしの違いもある」

彼女はわたしに向かって笑いかけた。

「だから、世界が狭いなんて言わないで。見たい世界はこれから見て行けばいいでしょ。それに、働いて成功してても、自分たちの世界しか見てない人はいるよね」

彼女の言葉は、とても思いやりにあふれているし、力強い。

だが、わたしはまだ自分がそれにふさわしいとは思えないのだ。

お風呂《ふろ》に入って、布団を敷いて横になる。

ずっとベッドで眠っていたから、布団で寝るのはひさしぶりだ。少し背中が痛いから、マットレスでも買った方がいいかもしれない。

見慣れない天井、そとからかすかに聞こえる風の音、まだ新しい畳の青臭い匂い、なにもかもがこれまでと違うせいか、疲れているはずなのに、なかなか眠れない。

自分はこの先、どうなるのだろう。

半年間、ここで働くにせよ、その先はどうなるのか。これから死ぬまで、ずっとひとりなのか。それとも新しく誰かと関係を築けるのか。

新しい出発が楽しみだなんて、まだ思えない。なにもかも奪われたという気持ちだけが続いている。

こんな気持ちのまま、新しい仕事を探したり、面接を受けて落とされたりすれば、心の中のどす黒い澱は溜まるばかりだ。

だから、今ここにいられること、すぐになにかを決めなくていいことは僥倖《ぎょうこう》なのだ。

目を閉じて、耳をすますと、どこからか虫の声が聞こえた。

3

翌日、ゲストハウスの一組の客がチェックアウトをした。

宿泊費はもうすでに入金されているし、鍵《かぎ》を返してもらって、清掃するだけだ。

ヒジャブを身につけた女性と、髭《ひげ》の濃い男性の二人組で、チュニジアからきたと聞いた。わたしは、はじめて会う人だが、波由は仲良くしていたらしく、ＳＮＳかなにかの連絡先を交換している。

流暢《りゅうちょう》な英語でいろいろ話した後、彼女はわたしに微笑みかけた。

「とても楽しかったです。いつかまたきます。ありがとう」

片言の日本語だったが、彼女はこのゲストハウスのスタッフに気持ちを伝えるために、日本語を覚えて、練習したのだろう。

それだけで胸が熱くなる。

「ぜひ、お待ちしています」

そのときに、わたしはいないかもしれない。まだきたばかりで、この宿に思い入れもほとんどない。

だけど、少しだけ目を潤ませる彼女を見て、わたしもこの場所が好きになれるような気がした。


使用後の部屋と、共用スペースを掃除して、布団を乾燥機に掛ける。使用済みリネンをクリーニング業者にわたし、カウンターを拭《ふ》き上げると、すでに午後になっていた。

今日はチェックインの予定はない。明後日《あさって》の夜にオーストラリア人のカップルがくることになっている。わたしは波由に尋ねた。

「ここ、外国人のお客さんがほとんどなんですか?」

「うん、前はまだ日本人もいたけど、今は一週間以上の予約しか取らないことにしちゃったからさ」

たしかに、日本人で一週間滞在できる人はあまりいないだろう。

「あ、でも、たまにくるよ。学生の卒業旅行とか。来月も何人か」

パソコンで予約のリストを見ながら、波由はそう言った。

日本人だと、言葉の壁がないから安心だ。一応、ゲストハウス利用の説明や注意書きは、いろいろな言語で用意されているが、それでも予想外のことを尋ねられる可能性もある。

スマートフォンで、時間を確かめた波由が言った。

「あ、わたし、予定があるから出かけなきゃ。なにか他に説明することある？」

「大丈夫です」

本当は、波由と一緒に昼食を食べたいと思っていたから、少しがっかりしたが、仕方ない。出かけていく波由を見送った後、わたしは買い物に出かけることにした。ゲストのために置いてある地図に、商店街やスーパーマーケットやコンビニの場所が描いてあったから、一枚もらうことにする。

これまで日常の買い物はスーパーマーケットでしかしたことがない。子供の頃から、近所にスーパーがあったし、転勤で行った街でも同じだった。それでも、旅行に行った先などで、商店街や市場に出会うとわくわくした。

今日は商店街に行ってみよう。もし、足りないものがあれば、そのあとスーパーに回ればいい。

財布とエコバッグを持って、外に出る。

引き戸を開けると、細い路地が目に入った。昨日、やってきたときより強烈に思う。ここがわたしの家になったのだ。

出かけて、帰る。その繰り返しで、その場所が自分の居場所になっていく。何度も引っ越したから知っている。

今はひとりだ。家族はいない。わたしは自分で新しい生活をはじめなければならない。

こんなふうに路地の突き当たりの家に住んだことはない。たぶん、今の建築基準法では、こういう家は建てられない。救急車も消防車も家の前まで入ることはできないし、昨日届いたわたしの荷物も、宅配便の人が抱えて、ここまで持ってきてくれた。決して便利な場所とはいえない。

だが、外界からなにかひとつ隔たれているような静けさがあり、それが心地よいと感じてしまう。これから、少しずつこんな家は失われていくのだろう。

わたしは、スニーカーの足で、一歩を踏み出した。


商店街はあまり賑《にぎ》わってはいなかった。

人通りは少なく、少し不安になったほどだ。だが、地図の通り歩いて行くと、青果店を見つけた。つやつやとしたりんごや葡萄《ぶどう》、瑞々《みずみず》しい青菜、新鮮そうな野菜を見ると、気持ちが弾む。

枝についたままの枝豆を見つけて、買い物籠《かご》に入れた。丹波《たんば》の黒豆の枝豆なんて、東京で買えば高いのに、驚くほど安かった。

丹波の栗もある。佐那は栗ごはんが大好きだったから、買って作ってあげたい。一瞬、そう思って、もうそれは叶《かな》わないことを思い出す。栗は買うのをやめた。わたしも好きだが、自分ひとりのためなら栗ごはんなど作らない。

いかにもおいしそうな厚揚げを買い、まるまると太った茄子《なす》と、九条葱《くじようねぎ》と水菜を買った。

そういえば、米は自分で買うのだろうか。コーヒーやお茶などはみんなで飲んでもいいものがパントリーにあったが、米については聞かなかった。ひとりで買ってもなかなか食べきれないから、できれば、みんなで買ってシェアできるといいのだが。

米は保留にして、帰り道、コンビニでパックごはんでも買って帰ろう。

あまり買いすぎないように自制して、青果店を出ると、今度は「かしわ屋」というのを見つけた。地図には鶏肉《とりにく》の専門店だと書いてあった。鶏肉も売っているが、卵もたくさん売っているし、なにより、鶏肉のお総菜がとてもおいしそうだ。

揚げたばかりの唐揚げ、焼き鳥、鶏の肝の甘辛煮には、金柑《きんかん》卵も入っている。つやつやしただし巻き卵もある。

わたしははやる気持ちを抑えて、卵と鶏のもも肉を買った。肝の甘辛煮は、絶対に次回買うことを誓う。

これで、今日明日の食事としては充分だろう。

そういえば、京都には錦《にしき》市場という有名な市場もあると聞いた。ぜひ、近いうちに行ってみたい。

いっぱいになったエコバッグを抱えて帰宅した。

引き戸に手を掛けて気づく。鍵が開いている。出かけるときに施錠したつもりだが、忘れていたのだろうか。

浅香さんは今朝、東京に帰っていったし、ふうちゃんは夜まで帰らないと言っていた。

不思議に思いながら、戸を開けて中に入る。

荷物を持ったまま、自室に向かおうとしたときだった。縁側のガラス越しに、女性が庭に水をやっているのが見えた。

栗色のショートカット、白いふわりとしたオーバーサイズのシャツを着ているが、小柄で華《きゃ》奢《しゃ》なのがよくわかる。

芹さんだ、と思った。初めて会うのに、すぐにわかった。彼女はホースを手にこちらを見た。いつも笑っているような細い目をしている。

彼女は水を止めて、縁側のガラス戸を開けた。

「眞夏さんですか？」

「そうです。芹さん……？」

「そうですそうです。昨日は本当にごめんなさい。遠くからいらっしゃったのに、責任者がいなくて不安でしたよね」

ぺこぺこと頭を下げる。見るからにいい人そうだ。

「いいえ、波由さんにも、浅香さんにもとてもよくしてもらいました。あと、えーと、お名前なんでしたっけ。ふうちゃん……」

本名を思い出そうとしたが、さすがに昨日の一回だけでは無理だ。

「フラプニルドゥル・ヨウンドッティル。まあでも、ふうちゃんでいいって、本人は言ってますし」

愛称はそれでいいとしても、同居人なんだからなるべく早く名前を覚えたい。

「でも、本当にごめんなさいね……家にいるつもりだったんですけど」

「わたしは全然大丈夫です。芹さんこそ、お身体はもういいんですか？」

「ええ、ちょっと風邪引いたのかな。発熱したけど、点滴してもらって、今日には熱が下がりました。治療中の病気の関係で、免疫力が落ちてるんですよね。だから、ちょっとしたことで入院になっちゃって……」

「休んでなくて大丈夫ですか？」

「ええ、庭の木に水だけやったら、ゆっくりします」

そういえば、米のことを聞かなければならない。

「あの、お米ってそれぞれで買って、それぞれで保存するんですか？」

「いえ、丹波の親戚《しんせき》からまとめて買って送ってもらっているんで、それをみんなで使ってもらって大丈夫です。どこにあるか教えますね」

彼女はホースを片付けて手を洗い、廊下に上がってきた。ふたりでキッチンに向かう。

パントリーの扉を開けると、彼女は入り口近くの大きな袋を指さした。

「これです。玄米なので、キッチンの精米機で、使う分だけ精米してください」

二十キロはありそうな大袋だったが、中身はかなり少なくなっている。

こんな米の大袋など見たことはない。普段買うのは、せいぜい二キロ。三人家族だし、夫も食が細かった。佐那は小学生くらいまではよく食べたが、その後は体形を気にして、ほとんどごはんを食べなくなっていた。

その後、炊飯器の使い方なども聞いて、買ってきた食材を冷蔵庫に入れる。

「芹さんは、お昼は？」

「あ、わたしは病院で食べてきました。もしかして、眞夏さん、まだですか？」

「まだです。買い物してきたんで、これからちゃちゃっと作って食べちゃいますね」

そういえば、昔、京都を紹介する番組で、厚揚げと九条葱を卵とじにした丼を作っていた。あれを作ってみてもいいかもしれない。

芹さんが、自分の部屋に戻ったので、料理をはじめる。

まだ、調理器具がどこにあるのかもはっきりわからない。やりやすいとは言えないが、それでも自分が作ったものを食べたいと思った。

炊飯器は最低の目盛りが二合からだった。そんなに必要ないから、土鍋を使って一合だけ炊く。半分ずつ、昼と夜に食べれば、ちょうどいい量だ。

米を炊き始めて、枝豆を茹《ゆ》でる。パントリーにあった鰹節《かつおぶし》を使って出汁《だし》を取り、それで丼のつゆを作る。厚揚げはさっと火が通ればいいだろうし、九条葱もそれほど煮る必要はない。米が炊きあがってから、蒸らし時間に作り始めて、ちょうどいいくらいだろう。

残りの出汁で、茄子の味噌《みそ》汁も作った。茹であがった丹波の枝豆も小鉢に入れる。それからさっと厚揚げと九条葱を煮て、卵でとじて、ごはんにかける。

米が炊きあがるまでに作った昼食としては、なかなかいい感じではないだろうか。

木のお盆に、丼と味噌汁、小鉢をのせて、談話室に向かう。どうせひとりでも、狭い自室で食べるよりも、庭を眺めながらゆったり食べたい。

丼も味噌汁も、なかなかよい出来だった。味噌の加減がわからずに、味噌汁が少し薄味になってしまったが、自分で食べるのだから別にかまわない。

手を合わせて、「いただきます」と声に出す。

こんなふうにお腹が空《す》くことも、自分の作った料理をおいしそうだと思うことも、ひさしぶりな気がした。午前中に働いたからかもしれない。

厚揚げは大豆の味が濃かった。きっと焼いて大根おろしを添えてもおいしいはずだ。

黒豆の枝豆も、甘くてとてもおいしい。あっという間に食べてしまう。

畳の部屋で、美しく整えられた庭を眺めながら、ちゃぶ台の前に座って食事をする。子供の頃からマンション暮らしで、椅子とテーブルだったのに、なぜか懐かしい気がするのが不思議だ。

大した料理ではなくても、自分の作ったものを食べて、ゆっくりするだけで、少しずつ、ここが自分の居場所になっていく。くる前に感じていた不安が嘘のようだ。

廊下の木を踏む、足音が聞こえてくる。芹さんだろう。

「わ、眞夏さん、おいしそうなの食べてる」

「適当です。適当」

「衣笠丼《きぬがさ》ですね」

京都ではそう呼ぶのか。衣笠山が由来だろうか。

彼女は、急須《きゅうす》と湯飲みをふたつ持ってきた。

「お茶飲みます?」

「あ、いただきます」

彼女が注いでくれたお茶は、焚《た》き火のような不思議な匂いがした。

「なんですか? これ」

「京番茶です。ちょっと匂いに好き嫌いはあるかもしれないけど、カフェインも少ないし、うちでは定番です」

燻《いぶ》したような香りの向こうにかすかな甘さがある。わたしが知っている番茶とはまったく違うけど、おいしいと思った。

「それはそうと、ちょっと提案なんですけど、うち、ゲストハウスの方で、毎週土曜日の夜に交流パーティをやるんです。参加は自由なんですけど、会費集めて、近所の仲のいいお店からデリバリーしてもらって……今週のそれを、眞夏さんの歓迎会にしたいなと思うんですけど」

「えっ」

返事に困る。ゲストハウスのお客は、みんな外国人で、英語があまり得意ではないわたしにはハードルが高い。

「もちろん、眞夏さんのお気持ちがいちばんなので、お嫌なら断ってくださって大丈夫です」

「えっと……シェアハウスのみんなとは仲良くなったんですけど、ゲストハウスの人たちはまだ……なのでちょっと気が重いです」

「そうなんですね。わかりました。じゃあ、やめておきましょう」

芹さんはさらりとそう言った。気を悪くされたのではないかと不安になるが、彼女の表情はあくまでもにこやかだ。

「じゃ、来週、浅香さんがまたきたときに、彼女の予定を聞いて、こちらの住人だけで歓迎会しましょうね。あと、交流パーティにも、もし気が向かれたら参加してみてください。別に顔出すだけですぐ帰っちゃってもいいですし、もちろん、従業員の眞夏さんは参加費とかいりませんので」

自分の歓迎会と聞くと、怖《お》じ気づいてしまうが、ちょっと顔を出すだけなら、ハードルが高くない。

「そうですね。参加してみます」

ゲストハウスで働くのだから、宿泊客との交流に怯《ひる》んでいてはいけない。

「英語も長いこと勉強してないから、心配で……」

「でも、昔は話していたっておっしゃってましたよね」

大学を卒業してから退職するまで、十年以上働いた職場は、ビジネスホテルチェーンだった。最初の二年ほどフロント業務をして、その後はずっと本社の営業だったから、現場にいた期間は短い。だが、フロント勤務のときは英語での対応もした。

もっとも、当時は今ほど外国人観光客は多くなかったし、わたしが働いていたビジネスホテルの顧客は、日本の会社員がほとんどだった。

そのときは、会社からの補助金もあったので、英会話教室に通った。だが、十年以上使わないと、もうほとんど口から出てこない。

フロントでの受け答えは定型文が多かったから、雑談などは当時も上手《うま》くできなかった。

「思い出せるかなあ……」

「きっと大丈夫ですよ。日本人はなんのかんの言っても、中学校や高校で勉強している人が多いし、ブロークンでもなんとかなります。ゲストハウスのお客さんも、全員がネイティブの英語話者というわけじゃないし、英語話者が少ない場合だってあります。少し前、中国のお客さんたちが多かったときには、漢字で筆談しましたよ」

たしかにそうだ。日本人はつい、自分が英語を上手く話せるかということばかり、気にしてしまうが、京都に旅行に来る人たちが、みんな英語圏で生まれ育っているわけではない。

「話せないと思ってても、顔を合わせるとなんとかなることも多いし、話しているうちに中高生のときに勉強したことを思い出したりもするんです。波由だって、ここに住み始めたときは、全然英語駄目って言ってたんですよ」

「えっ、そうなんですか?」

それは驚く。今朝の彼女は、宿泊客と英語でスムーズに話していた。

「彼女、どのくらいここに住んでるんですか?」

「今年の頭からなので、一年は経っていないです。九ヶ月か、十ヶ月かな。彼女は性格的にも開けっぴろげだから、よけいに上達が早かったかも」

わたしはそういう性格ではないが、それでも、そう聞くと少しは気持ちが楽になる。

「じゃあ、交流パーティ、参加してみます」

「ぜひぜひ!」

土曜日の晩なら三日後だ。もともと予定はがら空きだが、忘れないように頭に入れておかなくてはならない。

ゲストハウスの人から、京都のことも聞かれるだろうから、この土地のことをもっと知りたい。時間があるときに、この土地を歩いて回りたい。

少しずつ、やりたいことや予定が増えていく。こんな感覚もひさしぶりだった。


少し休んでから、シェアハウスを出て、平安神宮まで歩いた。美術館がいくつもあり、コンサートホールなどもあった。街中も空が広いと思ったが、この地域はもっと開放感がある。平安神宮の中を歩いて、何枚も写真を撮った。

いちばん美しく撮れた応天門の写真を佐那に送る。

「平安神宮です。すごくいい天気。シェアハウスの人たちにもみんな会えました。みんなとてもいい人たちで安心しました。やっていけそうな気がしています。佐那は元気？　急に寒くなってきたから風邪引いてない？」

寂しくないですか。お母さんは佐那に会えなくてとても寂しいです。会いたいです。愛してる。

本当に言いたいことは打ち込まない。風に散らされる落ち葉のように地に落ちるけれど、消えてしまうわけではない。

愛している。この世でいちばん。実際にそう告げた回数は、ほんの少しだ。でも、言わなくても日々の行動で伝わると思っていた。

今はもう伝わっているのかもわからない。そして、伝えても佐那が喜んでくれるかもわからない。

たった半年で、愛という単語には苦いものが混じるようになってしまっていた。

平安神宮を出て、近くにあるベンチに腰を下ろし、空を眺める。

寒くもなく、暑くもない。外で過ごすには最高の季節だ。

なのにわたしの頭には、元夫の——邦義《くによし》の声が響いている。

「もう、きみのことは愛していない。もう何年も、ずっと愛していなかった」

最初は、なにを言っているのだと思った。二十年近く結婚生活を続けて、一緒に暮らしているのに、いきなり恋愛ドラマじゃあるまいし。

まだ二十代のつもりなのだろうか。もうすぐ成人する子供だっているのに。馬鹿馬鹿しい。

だが、結局、わたしは彼のこの言葉にいちばん傷ついているのだ。

「好きな人がいる。大学の時、つきあっていた年下の彼女で、五年前に再会した。彼女は昔と変わっていなかった。溌剌《はつらつ》として、知的で、まぶしい人だった。好きになってしまった。どうしようもなかった」

絶句するわたしに、彼はあわてて付け足した。

「もちろん、不貞はしていない。ずっと、ただ、会って、話をしているだけだ」

それでも恋に落ちたではないか。セックスをしたかしなかったかというだけが、不貞の基準なのだろうか。

「俺が悪い。それはわかっている。だから財産分与もするし、慰謝料も払う」

むかついた。わたしが別れないと言い張れば、離婚はできない。そのくらい知っている。

「佐那の養育費は？」

そう尋ねると、彼は口ごもった。まさか佐那の養育費について考えていないのかと思った瞬間、彼は思いもかけないことを言った。

「佐那は、俺と来ると言っている。彼女にも会わせた。わかってくれた」

なにもかもが崩れてしまった。わたしが命をかけて大事にしたもの、愛したものが、すべてわたしの手からこぼれ落ちる。

それ以上、意地を張るつもりはなかった。佐那がそうしたいというのなら、止めるつもりはなかったし、愛情がないことがわかった邦義と、関係を維持するつもりもない。

わたしは言われた条件を呑《の》んで、離婚届に名前を書いて、捺印《なついん》した。

4

佐那とは、別々に暮らすことについて、深く話をしたわけではない。話せば、きっとわたしは佐那を責めるようなことを言ってしまう。それがなにより怖かった。

佐那はなにも悪くない。父親の方を選ぼうが、それは佐那の権利だ。私立の高校に在学していて、このあと大学に行く。もともと成績はよかったが、最近では勉強が楽しくなってきたみたいで、留学したいとか、大学院に行って研究がしたいとか、夢を語るようになっていた。

いくら財産分与を受け慰謝料と養育費をもらったとしても、このあとどうやって働き口を探せばいいのか見当も付かないわたしより、安定した給料をもらっている邦義の娘でいる方がずっと将来の選択肢も増えるだろう。

邦義から離婚を切り出されて、三日ほど経ってから、ようやく佐那に聞けた。

「お父さんと一緒に行くんだね」

勉強机に向かっていた佐那が振り返って、悲しい顔をした。

「ごめんね。お母さんのことが嫌いだとか、そういうんじゃないから。いつでも会えるし」

そう聞いて、少しだけほっとした。

「うん、それはいいの。佐那の好きにすればいい。いい人だったんでしょ、その……」

お父さんの恋人というのも許せなかったし、新しいお母さんとも言いたくなかった。

「うん、いい人だった。仕事でソウルに住んでたことがあるんだって」

佐那は韓国のガールズポップグループの大ファンで、韓国に留学したいとよく話していた。英語も得意だが、韓国語学習のラジオを熱心に聴いていることも知っている。それは話が合うだろう。

邦義のことを許したわけではないが、それでもその人が、佐那と気が合う人で本当によかったと思う。

「佐那が好きにしてくれるのが、お母さん、いちばんうれしい。でも、もし、新しい家が居づらくなったりしたら、いつでもお母さんのところにきていいからね」

佐那はしかめっ面をして、「うん、わかった」と言った。

それが精一杯だった。

たぶん、長く話していれば、自分は佐那を責めるようなことを言ってしまう。どうして自分を選ばなかったのだと、口に出してしまう。そして、佐那にまた悲しい顔をさせてしまう。

やせ我慢をしてよかったのか、悪かったのか、今となってはわからない。

わたしはもう、佐那に本当の気持ちを伝えることはできない。あのときの言葉が嘘だったたことになってしまうから。

ただ、自分の感情を何重にも塗り固めても、佐那の重荷になることだけは避けたかった。だから、その後は、いつもと同じようなことしか話さずに、出て行く彼女を見送った。

愛している。寂しい。行かないでほしい。

夫に対してはもうそんなことは思わない。彼の言葉に傷ついて、恨み言を言いたい気持ちはあるが、それだけだ。ただ、佐那に伝えたくて、伝えられない言葉だけが、わたしの胸に降り積もっている。

夜になっても、佐那からの返事はなかった。


風待荘の夕方はひどく静かだった。

波由もどこかに行って帰ってこないし、芹さんやふうちゃんの姿も見えない。しばらく談話室で、夕食をどうするか考える。ごはんは塩むすびにして残してあるし、枝豆もある。水菜と昼間の残りの厚揚げを煮て、鶏《とり》の唐揚げでも作ろうか。

唐揚げは得意料理だ。佐那が大好きで、子供の頃からよくお弁当に入れていた。冷凍の唐揚げを買ってきても、「ママが作った方がおいしい」と言うから、朝、早起きをして揚げていた。元夫も好きだったが、それはこの際どうでもいい。

「誕生日になにが食べたい？」と聞くと、「唐揚げ！」という即答が返ってきて、いつも作ってるのに、と、笑ったことも懐かしい。

ひとりになってから一度も作っていなかったのに、作りたくなったのは昼間買った鶏のもも肉が、新鮮でおいしそうだったからだ。

時間はたっぷりあるし、やらなければならないこともそんなにない。

わたしは伸びをして、台所に向かう。

夜の台所は、少しうす暗くて、物寂しかった。残っている茄子《なす》も揚げて、揚げ浸しにして、明日の昼ご飯にしてもいいかもしれない。

まず、水菜と厚揚げを、昼間取った出汁《だし》で煮る。

少しひからびた生姜《しょうが》と芽の出たニンニクをすり下ろし、醤油《しょうゆ》で鶏肉に下味を付ける。小麦粉と片栗粉を使って衣をつけ、揚げはじめる。

誰かのために作るなら、なんてことない。自分ひとりのために作るのは面倒くさい。

網状のトレイに新聞紙を敷いて、油を切る。少しずつ揚げていき、揚げ終わったら、油の温度を上げる。二度揚げが、おいしさの秘訣《ひけつ》だ。

半分くらい揚げ終わったとき、波由の声がした。

「あ！　唐揚げだ。いい匂いー」

ピンクの頭がぴょこっと引き戸から覗《のぞ》く。

「多めに作ったから、食べるならあげるよ」

鶏もも肉は三百グラムくらいあった。ひとりで食べるには多すぎる。

「やったあ」

唐揚げに伸びた波由の手を、菜箸《さいばし》を持った手で制止する。

「ダメ、まだ二度揚げするから」

「はーい」

彼女は、冷凍庫を開けて、ラップに包んだ白い塊を取り出した。どうやら、ごはんを冷凍していたようだ。ならば、追加で炊かなくてもいい。

「水菜と厚揚げの煮浸しも食べる？」

「いただきます！　やったー」

歓声を上げる波由に、こちらまでうれしくなる。

茄子も揚げて、冷蔵庫のめんつゆで揚げ浸しにした。煮浸しと味の変化を付けるために、生姜と少し酢を入れてさっぱりさせる。

それから、唐揚げを二度揚げする。水菜と厚揚げの煮浸しは、大きな器に入れ、茄子の揚げ浸しは小鉢に盛った。ごはんを温めた波由が、わたしが盛りつけた料理を談話室まで運んでくれる。

最後に揚げたての唐揚げを皿に盛りつけて、談話室に向かう。

ひとりで夕食をとらなくてもよいことに、ほっとする。

唐揚げにかぶりついた波由が目を丸くした。

「うわっ、めっちゃおいしい。お店で食べる唐揚げみたい。眞夏さん天才」

「娘が好きだったから、よく作っただけ」

そう言いながら、わたしもひとつ食べる。火の通りもちょうどいい。慣れない台所で作ったにしては上出来だ。

「この煮浸しもおいしいー」

にこにこしながら、ぱくぱく食べる波由を見ていると、自然と笑みが浮かぶ。

重い腰を上げて作ってよかった。

こちら側の灯《あか》りと、ゲストハウスの方の灯り、両方に照らされて、月のない夜も坪庭は明るい。南天と小さな石の灯籠《とうろう》。なんとなく、小さな神様がそこにいるみたいだと思った。

食事を終えると、波由はほうじ茶を淹《い》れてくれた。これまで飲んだことのあるほうじ茶よりもいい香りがしておいしい。

「いいお茶なのかなあ」

茶筒を開けて茶葉の匂いを嗅《か》ぐ。

「それもあるけど、ちゃんと時間を計って淹れてるからね。そこに気をつけるとおいしいよ」

「えー、波由ちゃんちゃんとしてる」

「まあ、ひとりのときは適当にするときもあるけどさ。ゲストハウスにきてくれるお客さんは、日本のお茶を飲んだことない人もいるからさ、そういう人にもおいしいお茶を飲んでもらいたいでしょ」

「たしかにそうだね……」

お茶を飲み終えると、ふたりで食器を台所に運んだ。

「ごちそうになっちゃったから、わたしが洗うね」

波由はそう言って、食器を洗い始める。いい子過ぎてためいきが出る。

「波由ちゃんが娘だったらよかったのに」

思わず口をついて出た言葉だった。波由は声を上げて笑った。

「眞夏さんが、本当のお母さんだったら、わたし、もっとクソガキだよ」

「えっ、そんな……」

「ほんと、ほんと。ママだと思ったら、絶対もっと甘えてるし、態度悪いし、まあ、うちのママも、眞夏さんみたいに優しくないし、顔を合わせたら喧嘩《けんか》ばかりしてるよ」

そうなのだろうか。戸惑っていると、波由がこちらを向いた。

「じゃあさ、眞夏さん。娘さんが、わたしみたいなピンクの頭で、ピアスいくつも開けてても平気？」

ウッと返事に詰まってしまった。佐那が髪をピンクにして、ピアスをいくつもつけているところを想像しただけで、なんだか動揺してしまう。

「平気……ではないかも……、びっくりして、なんか言っちゃうかも……」

「でしょ」

「うん……でも、ピアスも髪も、最初はびっくりするけど、たぶん時間が経てば大丈夫な気がする……」

「じゃあ、舞台やりたいって言って、就職もしないでふらふらしてるのは？」

「それは……」

それは小言を言わないでいるのは難しいかもしれない。もちろん、はっきりわかるような才能があったり、真剣に考えているのがわかったりすれば理解できるかもしれないが、やはり時間がかかるだろう。

波由の言う通りだ。本当の娘ならば、間違いなくわたしは、波由の嫌がるようなことを言ってしまう。そして、波由も黙っていないだろうし、喧嘩になって、ギスギスする。そこまではっきり想像できた。

「たしかに……たぶん、佐那だったら、わたし、めちゃくちゃ小言を言って、嫌われるだろうな」

なぜだろう。波由なら、彼女自身が決めたことだからと尊重できることが、佐那が相手だと難しい。

「そうでしょ。だから、肉親って難しいんだと思う」

だとすれば、こうやって、いろんな世代の他人と同居するのも、世界を広げるのに役に立つかもしれない。

たぶん、波由を知る前よりは、ピンクの髪にびっくりしなくなっている。


夜中に目が覚めた。携帯電話を手にすると、佐那からの返事が届いていた。

どうやら、寝る前に送ったらしい。サムズアップしている可愛くないヤギのスタンプだった。なんでヤギなんだろう、と思いつつ、無視されなかったことにほっとする。

スタンプひとつだけの返事で、こちらが送ってから十時間くらい経ってるけど、まあ、それはいい。

昨夜は、お風呂《ふろ》に入った後、波由と一緒にビールを飲んでしまった。

英語の学習アプリと、翻訳アプリの使い方を教えてもらった。芹さんが言っていた、ここにきたばかりのときは、英語はほとんど喋《しゃべ》れなかったというのは本当らしい。

「そうそう。学校でも劣等生だったから、英語なんてちんぷんかんぷんだと思ってたんだけど、やっぱり、みんなとおしゃべりしたいから、一生懸命勉強したー。アプリでだけど」

アプリで勉強して、ゲストハウスの交流パーティで実践することで、どんどん喋れるようになったらしい。

「最近はさ、舞台も外国人のスタッフと一緒にやったりするから、もしそういう機会があったら役立つと思うし」

若い子の吸収力にはかなうはずもないが、わたしも少しは前向きになりたい。寝る前にアプリを使った学習をやってみたが、楽しくて夢中になってしまった。しばらく続けた後、携帯電話を持ったまま寝落ちしてしまったようだ。

波由はこうも言った。

「眞夏さんの唐揚げ、めっちゃおいしいから、交流パーティに出してみたら？　絶対喜ばれるよ！」

「でも、どこにでもあるような普通の唐揚げだし……」

「みんな好きだから、どこにでもあるんでしょ」

たしかにそうかもしれない。それにここのキッチンで揚げれば、デリバリーを取るより、揚げたてが食べられる。

英語も自信がないし、まわりを楽しくするような会話など、日本語でもできそうにないが、唐揚げなら、喜んでもらえるかもしれない。

そう思うと、交流パーティに感じていたハードルが、少し下がるのを感じた。

ビールを飲んだせいか、尿意を感じて、トイレに向かう。談話室には灯りがまだついていた。

もう午前三時だ。誰かが消し忘れたのだろうか。

そう思って談話室に向かうと、芹さんがひとりで座っていた。放心したように中庭を眺めていたが、廊下に立つわたしに気づいて微笑む。

「眠れませんか？」

「いえ、ぐっすり寝てたんですけど、お手洗いに行きたくなって……芹さんは？」

「わたしは、夕方からちょっと休むつもりが、そのまま寝ちゃって……さすがに目が覚めて、しばらくは寝られないから、お茶飲んでます。眞夏さんもどうですか？」

急須《きゅうす》を持ち上げて見せる。

「いただきます」

わたしは彼女の向かいに座った。

彼女が淹れてくれたのは、京番茶だった。最初は驚いた焚《た》き火のような香りを、いつのまにか好きになっていることに気づく。

夕方から寝ていたということは、体調がよくないのだろうか。尋ねるのも少し憚《はばか》られる。

彼女は庭を眺めながらふうっと息を吐いた。

「やっぱりこの家好きだなあ。冬はめちゃめちゃ寒いけど」

「やっぱり寒いんですか？」

「寒いです。ふうちゃんなんか、台所はアイスランドの屋外より寒いって言ってます」

思わず笑ってしまった。たぶん、ヨーロッパの寒地の家は、断熱がしっかりしているのだろう。

日本の古い家が寒いのは、夏に風通しがいいように建てられるからだろうか。

「でも、その代わり、ストーブとこたつの暖かさが、身体に染みますね。わたしは冬も好き」

芹さんは、冬を思い出すように遠い目をした。

今は、まだ半袖《はんそで》でもいいくらいの気温だが、たぶん一ヶ月もしたら冬の気配が漂いはじめ、十一月の終わりには寒くなるだろう。

「この家を見つけたとき、絶対欲しいと思ったんです。ローンを組むために走り回って、ようやく手に入れた家だから、できればずっとここに住みたいけど……」

芹さんは目を伏せて話し続けた。

「ゲストハウスを続けられなくなったら、ひとりでローンを払うことは難しいし、庭を共有してるから、あちらの棟だけ売るとしても、庭を潰《つぶ》して塀を建てるようなことになってしまいそうだし……」

ゲストハウスの方の掃きだし窓ははめ殺しになっていて、あちらからは庭に出ることはできないが、毎日隣人の生活する様子が丸見えなのは、落ち着かないだろう。だからといって、塀を建ててしまえば息苦しくなる。

「わたしも働きますし、できるかぎりゲストハウス続けられるように頑張りましょう」

そう言うと、芹さんは少し寂しそうに微笑んだ。

「ありがとうございます。そうしたいです」

言ってから気づく。わたし自身はいつまでここにいるのだろう。今は未来のことを先延ばしにしたいから、しばらくはここにいるつもりだ。

だが、いくら家賃がかからないといっても、今もらっている報酬だけでは、貯金もそんなにはできない。いつまでもここにいるわけにはいかない。

半年ならいられる。でも、一年先、二年先はどうだろう。

わたしはその不安を、見ないようにした。どこにも就職できなければ、ここにいるしかないし、その可能性は決して少なくはない。

それに、芹さんの病気が治れば、わたしがいなくてもゲストハウスの業務ができるし、そうすれば、シェアハウスの方も、きちんと家賃を払う人に貸せる。

自然とわたしはお払い箱だ。

芹さんがよくなることは喜ばしいが、自分が必要とされなくなると思うと、胸の奥がざわめく。

わたしの表情が暗くなったことに気づいたのか、芹さんは慌てて言った。

「大丈夫です。今日明日にそうするという話ではないし、まだしばらくは大丈夫」

そう言えば、芹さんに聞きたいことがあったのを思い出す。

「あの、土曜日の交流パーティなんですけど……唐揚げとか、作って持っていってもいいですか？　今日、夕食に作ったら波由ちゃんに勧められて……」

「もちろんです！　みなさん喜ばれると思います」

芹さんにそう言われて、ほっとする。

「あ、でも、肉料理を作るなら、なにかヴェジタリアン向けの一品も作っていただけませんか？　最近、ヴィーガンのお客様も多いし、宗教的に食べられないものがある人も、野菜料理ならだいたい問題はないし……もちろん、こちらでもなにか用意しますけど……」

「ヴェジタリアン向けの料理……？」

「簡単なものでいいです。サラダでも、厚揚げの焼いたのでも。茹《ゆ》でた枝豆でも」

野菜料理ならいくらでもレパートリーがある。佐那が子供の頃、野菜をあまり食べなかったから、おいしく食べてもらえるように工夫した。今では彼女も野菜が大好きだ。

だが、ヴェジタリアン向けとなると、また違うハードルがある。肉類で旨《うま》みを出すことはできないし、なにより普通の出汁が使えない。

「出汁は使えないですよね」

そう尋ねると、芹さんは大きく頷《うなず》いた。

「そうなんです。和食って、大豆をたくさん使うし、野菜だけの料理もたくさんあるけど、出汁を使うので、意外と、真剣なヴェジタリアンの人は食べるものが少なくて……わたしは昆布と干ししいたけで出汁を取ったりしますけど」

昆布出汁なら、使いやすいし、干ししいたけも、出汁を取った後、甘く煮て食べられる。

「ちょっと考えてみますね。でも、できると思います」

まったく出汁を使えないなら難しいが、昆布や干ししいたけの出汁が使えるなら、アレンジはできる。

「よかった。お願いします。あと、材料費はちゃんと請求してくださいね」

ハードルを設けられた方が、やる気が出るような気がする。

わたしはいくつかのメニューを頭に思い描いた。


翌日、午前中の業務を終えると、わたしは自転車で錦市場に出かけた。

観光客でいっぱいだと聞いていたが、歩いているのは、多くが外国人観光客だった。だし巻きや、唐揚げを串《くし》に刺して、歩きながら食べられるようなものも売っている。

だが、その中に、老舗《しにせ》らしい刃物の店や、漬け物の店、乾物店などもある。すべてが観光客向けではない。

鶏肉や野菜は、近所で買うつもりだったが、他にどんな京都らしいものがあるのか、知りたかった。

漬け物店を覗いて、パックに入ったものの原材料をチェックする。少しだが、たしかに材料に鰹《かつお》だしが入っているものもある。あらためて、出汁文化の土地なのだと実感する。

原材料を熱心に見ているわたしに気づいて、店員さんが話しかけてくれた。ヴェジタリアンのお客さんが来るから、鰹だしの入っていないものを、と、言うと、快くいくつかをおすすめしてくれた。

中でも、日野菜《ひのな》という、小さな大根のような野菜の漬け物が気になった。それと、すぐき漬けを買う。もっといろいろ買いたい気持ちはあるが、旅行者ではないから、またいつでも買えるし、他の店も試してみたい。

乾物専門店で、量り売りの黒豆を買う。お正月の黒豆を煮た残りを、おこわにして炊いたことがあって、佐那はそれをとても気に入ってくれた。黒豆は高級品だから、なかなか作る機会がなかったが、あれなら、ヴェジタリアンの人も食べられるのではないだろうか。

鱧《はも》の天ぷらは、自分の今日の晩ご飯用に買ってしまった。鱧なんて、関東《かんとう》ではめったに見ない。

おいしそうな豆腐専門店もあったから、厚揚げを一パック。これは明日にでも食べよう。欲しいものはいくらでも見つかる。あんまりたくさん買いすぎても食べきれない、とはやる心を抑える。

こんなとき家族がいたら、と思う。佐那にいろいろ作って食べさせてあげたい。昨日、波由は喜んでくれたが、だからといって、彼女は彼女で食べたいものもあるだろうし、友達と一緒に食事をしたりもするだろう。

距離感を間違えて、押しつけがましくなってはならない。

おのぼりさんなのに、旅行者じゃない。その感覚が楽しくて、一時間くらい市場をうろついてしまった。

さすがにお腹も空《す》いてくる。

今日は、芹さんからおすすめの店を聞いてきた。

「喫茶店ですよ。喫茶店」

「喫茶店？」

芹さんから返ってきた答えは、意外なものだった。

「京都と言えば、懐石料理とか、湯豆腐とかのイメージが強いけど、住んでいる人は意外と、ハイカラなものが好きです。パンと洋食ですね。ひとりで食べるなら、喫茶店がおすすめです。もしくはカレーうどんなんかもおいしいですよ」

カレーうどんなら、もっと寒くなってからの方がよさそうだ。わたしは、錦市場から歩いて行ける喫茶店をいくつか教えてもらった。

いちばん近いところは、わたしでも聞いたことのある有名店だった。

外まで待っている人がいたので、そこはまた今度行くことにして、別の店まで歩く。

商店街の中に、その喫茶店はあった。

昭和から時間が止まったままのような内装と、静かなＢＧＭ。観光客らしき集団もいるが、常連らしき人たちもいる。チェーン店のように、誰でもウェルカムという雰囲気ではないが、そこがいい。

好きな席に座っていいと言われたから、少し奥まったふたりがけの席に座る。

卵サンドとコーヒーを注文して、店内を見回す。おしゃべりをしている人たちと、静かに読書をしている人たち。

ひとりになると、いつもスマートフォンを弄《いじ》っていたが、そういう気にもなれずに、わたしは鞄《かばん》から、読もうと思っていた文庫本を取り出した。

ほどなくして、卵サンドとコーヒーが運ばれてくる。コーヒーのソーサーには、銀のクリーム入れが添えられていて、それが懐かしい。藍《あい》のカップも、昔、実家にあったような懐かしさがある。

卵サンドを食べて驚いた。

挟まれているのは、ふわふわのだし巻き卵だ。マヨネーズで和《あ》えた卵サラダではない。食パンとだし巻き卵がとても合っている。これははじめての味だ。

量が多いと思ったが、だし巻き卵だから、どこか軽い。するするっとお腹に収まってしまう。

コーヒーも深煎《ふかい》りで、苦みが強い。少し懐かしい味がする。そういえば、昔のコーヒーはこんなふうに苦みが強かったような気がする。それを大人の味だと思っていた。

クリームを入れると苦みがコクに変わり、よりおいしくなる。

昔は、大人はブラックコーヒーを飲むものだと思って、無理して飲んだりしていた。今は、浅煎りのコーヒーなら、ブラックの方がおいしいと感じるが、こういう昔ながらのコーヒーには、やはりクリームを入れたくなる。

このコーヒーはまるで、この街みたいだ。

時が止まったようで、それでもどこか洒落《しゃれ》ていて、気位が高いように見えて、ふいに人懐っこい顔を見せる。

なんとなく、もう一軒、喫茶店に行きたくなった。

卵サンドを食べた喫茶店を後にして、また、自転車にまたがり、芹さんから熱烈におすすめされた喫茶店に向かう。

最初にそこに行かなかった理由は、食事よりもデザートがおすすめだと言われたからだ。

また昭和の頃から変わっていないような外観。重いドアを開けると、まるで海の底みたいに青い。

青い光と、葡萄《ぶどう》のような形のランプ。素敵すぎて、息を吞《の》んでしまう。これは、わたしでも絶対おすすめしたくなる。

店内は混んでいたが、ちょうどふたりがけの席が空いていた。そこに座って、ゼリーポンチフロートというのを頼んでみる。

ソーダ水の中に、色とりどりの四角いゼリーが沈んでいて、その上にアイスクリームがのっている。夢みたいに美しい。

写真を撮ってから、アイスクリームを口に運ぶ。脂肪分が多くない、昔ながらのアイスクリームだ。ゼリーはそれほど甘くなく、かすかな果物の香りがする。見た目の華やかさと比べて、味は淡い。それがまた儚《はかな》い夢のような印象になる。

なぜか、自分が少し若返ったような気がした。もしくはタイムスリップして、女子高生に戻ったような。

佐那にゼリーポンチフロートの写真を送る。珍しく、すぐに返事がきた。

「なにそれ、すごくかわいい」

「京都の喫茶店のゼリーポンチフロート。遊びにきたら、連れていってあげるよ」

「春休みだったら、行けるかな。考えてみる」

春休みなんてずいぶん先だ。だが、まったく無視されなかったことはうれしい。ゼリーポンチフロートのおかげかもしれない。

風待荘に帰ると、ふうちゃんが洗面所でなにかを洗っていた。

「あ、お帰りなさい。眞夏さん」

「ヨウンドッティルさん」

芹さんに聞いた彼女の姓は、何度も繰り返して覚えた。

ふうちゃんは驚いて、それから笑顔になった。

「覚えてくれたんですね。でも、わたしたちは、あんまり姓を呼び合わないのです。だからふうちゃんで大丈夫です」

姓を呼ばないと聞いて驚く。

「会社とか、学校とかでもですか？」

「そうです。すべてファーストネームです。それにアイスランドの姓は他の国とは、少し変わっていて……、両親や子供とも、違う姓になるのです」

思わずきょとんとしてしまう。

「両親や子供とも違う？」

そんなことがありえるのだろうか。

「姓と言うより、日本語では父称とも言いますね。わたしの父は、ヨウンという名前だから、わたしの姓はヨウンの娘という意味なんです。わたしの兄は、ヨウンソン、ヨウンの息子という姓です」

意外すぎて、目が丸くなる。

「わたしの息子は、ソウルソンです」

「えーと、じゃあ、お連れ合いの方の名前がソウルさん……」

「そうです。ピンポーン」

クイズ番組のような答え方に、笑ってしまう。なるほど、それは日本とはかなり違う。

「ロシアなんかも改まった場所では、父称を使うそうです。あと、欧米人の姓で、ロバートソンとか、ジョンソンとかもありますよね」

思わず、「あっ」と声が出た。

「たぶん、昔は父称を使っている地域や国ももっとあったんだと思います。アイスランドは人口が少ないから、姓がなくても問題なかったんでしょう」

彼女は洗っていたものを絞った。競泳用の水着のように見える。

「水着ですか?」

「そうです。泳がないと調子が出なくて、学校の終わりに、毎日ジムに行っているんです。サウナも入れるし」

あまりのパワフルさに驚く。

だが、体力がなければ、こんな遠いところまで勉強のためにやってこようとは思わないのかもしれない。

5

ガラスのポットに分厚い昆布と、干ししいたけを入れて、そこに水を注ぐ。入れてすぐに、水にはごくわずかな色が滲《にじ》み出はじめる。火も使わず、こうやって冷蔵庫に何時間か置くだけで、出汁《だし》が取れるなんて不思議な気がする。

鼻を近づけると、かすかに昆布の香りと干ししいたけの香りを感じる。おいしそうだと思うが、他の国の人にとっては、この香りはどう感じられるのだろう。

出汁の準備を済ませると、黒豆を水に浸す。お正月に黒豆を煮るときには、新豆を使っていたが、これは去年のものなので、少し長めに吸水させた方がいいはずだ。

たぶん、今年はおせち料理を作ることもないだろう。

市販のおせち料理は高価だったから、毎年、自分で作って重箱に詰めていた。作り方は義母から教わり、邦義の家庭の味に拘《こだわ》った。もう忘れてしまってもいいのに、手順までしっかり覚えている。

お煮染めは、にんじん、こんにゃく、干ししいたけ、里芋とひとつひとつ出汁を変えて煮ること。でなければ味が混ざってしまう。棒鱈《ぼうだら》は何日も前から戻し、数の子も、水につけて塩気を抜く。

そんなに手を掛けて作っても、佐那はちっとも喜んでくれなかったが、それでも伊達《だて》巻きときんとんは、おいしいと言ってよく食べてくれた。

年末は大掃除もしなければならなかったから、目の回るような忙しさだった。今年はなにもしなくていいのだと思うと、せいせいするような気もするし、どこか寂しい気もする。

風待荘には、何人が残るのだろう。ふうちゃんはアイスランドに帰って家族とクリスマスを過ごしそうな気がするし、波由はまだ公演期間中のはずだ。

もしかすると、芹さんとふたりきりかもしれないし、芹さんがもし、実家かどこかに帰るなら、本当にわたしひとりになってしまう。

ゲストハウスには誰かがいるだろうが、それにしたって、この町屋にひとりでいることを考えると、心細いような気持ちになる。

年末年始はいつも、忙しくて、やることに追われていた。誰にも会わないかもしれないお正月なんて、想像したこともなかった。

そんなことを考えていると、芹さんが台所に顔を出した。

「眞夏さん、交流パーティ用に頼んだ、ケータリングのメニュー要りますか？」

「あ、ください」

一応、わたしが作るものは伝えた。唐揚げと、黒豆のおこわおむすび、それから動物性の出汁を使わない揚げ出し豆腐を作る予定で、あとはケータリングのメニューを見てから、サラダなり、煮物なりの野菜料理を作るつもりだった。

芹さんが差し出したメニューには、「おばんざい　砂原」という店名があった。すなはらと読むのだろうか。

大根としらすのサラダ、ターメイヤ、鴨の治部煮《じぶに》、ピリ辛豆乳うどん。

治部煮は金沢《かなざわ》の郷土料理だから聞いたことがある。鶏肉《とりにく》や鴨肉と野菜の煮物だ。ターメイヤというのはなんだろう。

「あの、ターメイヤって……」

「あ、エジプトのそら豆のコロッケです。おいしいんですよ。ゲストにも評判がいいのでいつも作ってもらってます」

エジプトにもコロッケがあるなんて知らなかった。

サラダ、揚げ物、煮物、麵類《めんるい》。バランスが取れていて、わたしの料理など必要ないように思えてくる。だが、わたしが唐揚げとおむすびを作ると言ったから、量は少なめに頼んであるはずだ。ここでやめるとは言えない。

芹さんに、さっき気になっていたことを聞いてみることにした。

「あの、お正月って、シェアハウスのみんな、どうするんですか？」

「わたしはいます。ゲストハウスも年末年始はけっこう予約が入っていますし。波由も、ちょうど、年末から年明け三日くらいまでは公演がないから、戻ってくるって言ってます。浅香さんは大学がないから、わざわざこっちにはこないと思うけど。そういえば、ふうちゃんはどうするのかな」

「ヨーロッパの人って、クリスマス休暇は家族と過ごしそうなイメージですよね」

そう言ってから、わたしは尋ねた。

「わたしも特に予定はないので、ゲストハウスのお手伝いしてもいいですか」

「わあ、助かります」

ともかく、ひとりでぽつんと過ごさなくてもいいことはわかった。ここにいる人たちと一緒にお雑煮を食べて、あとは京都のどこかの神社かお寺に初詣《はつもうで》に行こう。ここなら清水寺でも歩いて行ける。もっとも、お正月の清水寺は人でいっぱいかもしれない。

たった三ヶ月後のことだが、そのときのわたしがどんな気持ちでいるか、思い描くこともできなかった。


土曜日の夕方、わたしは交流パーティのための準備にかかった。

昨夜煮た黒豆を入れて、おこわを炊き、おつまみのためにたっぷりの丹波の枝豆を茹《ゆ》でる。

枝豆は残れば、翌日にわたしが食べてもいいし、多めに茹でても困ることはない。

買ってきた鶏もも肉に、にんにくと生姜《しょうが》で下味を付ける。出汁を沸かして、味付けをする。

コンロが四口もあるから、料理が捗《はかど》る。ずっと狭いキッチンの二口コンロで料理をしながら、三口コンロで料理をすることに憧《あこが》れていた。いつか、自分の家を持ったら、絶対に三口コンロを買って、そこで思う存分、家族のために料理をしようと思っていた。

その夢は叶《かな》ったけれど、家族のためではない。願い事はいつも、歪《いびつ》な形でしか叶わない。

今回、交流パーティに参加するのは、中国人の五人家族、韓国人の二十代くらいの女の子ふたり、それからオーストラリア人の、たぶん恋人同士であろう二人連れだ。

オーストラリア人のふたりは、ヴェジタリアンだということは聞いたが、残りの七人は肉や魚も食べる。

唐揚げは少し多めに作っても大丈夫そうだ。

炊飯器で炊いた白米にすぐきを混ぜ込んで、おむすびにする。これは残ったものを焼きめしにしてもおいしいはずだ。佐那が受験勉強のとき、夜食に食べられるように、野沢菜を入れたおむすびを作っておいて、残ったものを、わたしは翌日焼きめしにしたりしていた。

おむすびを作り終わると、揚げ出し豆腐のために、大根をおろし、葱《ねぎ》や大葉を刻む。それから揚げ物にかかる。

水気を切っておいた豆腐に小麦粉をまぶして揚げる。味付けした出汁には片栗粉でとろみを付けて、冷めにくくしてある。

豆腐を揚げ終わって、出汁につけると、今度は唐揚げだ。もうすぐパーティがはじまる時間だから揚げたてが出せる。

鶏肉を揚げていると、玄関の引き戸が開く音がした。誰か帰ってきたのだろうか。

しばらくして、浅香さんが顔を出す。彼女は月曜日と火曜日が京都での授業だというから、こちらにくるのは明日だと思っていた。

「おおー、おいしそうな匂いだねえ。交流パーティの？」

「そうです。浅香さんも出られますか？」

「うん、わたしも出る。特に東京で用事もないからきちゃった。なにか向こうに運ぶ？」

枝豆と、できあがった揚げ出し豆腐を運んでもらうことにする。飲み物や食器などは、芹さんが、ゲストハウスの方で準備してくれているはずだ。

揚げ物を続けていると、額に汗が滲む。三人家族だったから、こんな量の唐揚げを作るのは、ひさしぶりだ。

佐那が子供の頃、家に友達を呼んで、お誕生日パーティをしたとき以来だろうか。

二度揚げが終わり、コンロの火を消す。

戻ってきた浅香さんが、今度は、おこわと漬け物、二種類のおむすびののった皿を運んでくれる。

「えー、これ、なに？　黒豆のおにぎり？　すごくおいしそうなんだけど」

「おこわなんです。ちょっと珍しいかなと思って」

「わあ、楽しみ」

油の始末はあとですることにして、手を洗い、皿に盛りつけた唐揚げを運ぶ。

ゲストハウスの談話室では、もうみんなが揃って、ビールやワインを飲んだり、枝豆やチーズやナッツなどの、軽いおつまみをつまんだりしていた。後片付けを楽にするためか、取り分けに使っているのは紙皿だ。

夜の町屋は少しうす暗くて、どこか心地いい。廊下や、談話室の片隅に置かれた間接照明が、部屋の中を照らし出す。

昔は、蛍光灯ではなく、行灯《あんどん》などを使っていたから、部屋全体が明るく照らされることもなかっただろう。

波由は、韓国人の女性ふたりと英語で話し込んでいるし、芹さんは中国からきた、陳《ちん》さん一家と談笑している。

祖父母と両親、そして二十代くらいの娘がひとり。娘は英語が喋《しゃべ》れるから、家族の言葉を芹さんに訳している。芹さんは、翻訳アプリを使ってそれに答えたりしている。翻訳アプリから中国語が流れて、その後笑い声が続いた。

浅香さんはオーストラリアからきたふたりと話をしている。

どこに座ったらいいかわからず、わたしは浅香さんの隣に、息をひそめて腰を下ろした。

テーブルにはすでに、ケータリングの料理が並んでいる。大根のサラダは、かりかりに炒《いた》めたしらすとベーコンを別添えにして、ヴェジタリアンの人でも食べられるようにしてあるし、ターメイヤはたっぷりのサラダや揚げ茄子《なす》を添えてある。パーティの一皿として、とても華やかだ。

みんなが料理に手を付けはじめる。大根のサラダを取り分けようと思ったが、浅香さんに「みんな好きなように食べるから別にいいよ」と言われて、手を引っ込める。

かわりに興味があったターメイヤを食べてみた。

小ぶりなそれをサクッと嚙《か》むと、そら豆の青い香りがする。揚げてあるから食べ応《ごた》えもあって、これなら肉がなくても満足できそうだ。添えてある練り胡麻《ごま》のソースともよく合う。

オーストラリア人のふたりが揚げ出し豆腐を興味深そうに見ているので、おそるおそる、英語で出汁も昆布としいたけで取っていることを説明する。

「しいたけ」が、そのまま通じたのには驚いた。

ふたりは揚げ出し豆腐をスプーンで食べて、満足そうに頷《うなず》いた。so deliciousと、言ってもらえてほっとする。

隣から女性の歓声が聞こえてきた。「マシッタ」は韓国語で「おいしい」だ。振り返ると、韓国からきた女性ふたりが、鶏の唐揚げを食べていた。

見れば陳さん一家も、唐揚げを頬張っている。笑顔が見えて、うれしくなる。

いろんな言語での「おいしい」と笑顔。ようやく緊張がほぐれてくる気がした。

陳さんの娘さんがわたしのところにきた。英語で話す。

「すみません。祖父母は冷たいごはんを食べるのに慣れてなくて……もしよかったら、おにぎりを電子レンジであたためてもいいでしょうか」

「もちろんです。お気になさらないで」

そう言ってから、ある考えがひらめいた。

「ちょっと待っていただけませんか？　あたたかくしてお出ししますから」

おこわおむすびを半分ほど別の皿に移して、残りを下げて、シェアハウスの台所に向かう。鍋《なべ》にお湯を沸かして、せいろで蒸し直す。

蒸している間に、炊飯器に残ったごはんとすぐき、そして卵で焼きめしを作った。味見してみると、とても上手《うま》くできた。

芹さんが台所にきた。ケータリングの治部煮をあたためにきたらしい。

「わあ、眞夏さん、すみません。パーティがはじまってからは、座っててくれたらいいのに」

「いいんです。ちょっと緊張してたから、台所でひと息つきたかったんで」

治部煮の入った土鍋をのぞき込むと、鴨肉と麩《ふ》、にんじんとほうれん草、茸《きのこ》などが煮込まれている。

「眞夏さんの料理、好評ですよ。シェパードさんたち、日本では、肉や魚そのものは食べなくても、出汁までは気にしないようにしていたと言っていたけど、眞夏さんが出汁も植物性のもので取ってくれたと聞いて、すごく喜んでいました」

確かに、出汁の素材までこだわれば、日本での食事の選択肢はとても少なくなる。

「それはよかったです」

もうすぐおこわも蒸し上がる。すぐきの焼きめしを、皿に盛って、わたしはパーティ会場まで運んだ。

焼きめしを見て、陳さんの家族が笑顔になる。韓国からのふたりも、興味津々のようすだ。足りるだろうか。

見れば、ふうちゃんもいつのまにかパーティに参加している。

「眞夏さん、眞夏さん、このおにぎり、すごくおいしいんですけど！」

黒豆のおこわおむすびを手に、ふうちゃんはそう言っている。

「お米が違う？」

「おこわです。餅米《もちごめ》。お餅を作る米です」

「知らなかった。初めて食べました」

「今、残りを蒸し直しているから、あったかいのもありますよ」

寿司《すし》はヨーロッパなどでもよく食べるだろうが、餅米をおむすびで食べるチャンスはそんなにないかもしれない。

見れば、唐揚げはほとんどなくなってしまっているし、おむすびも残り少ない。不評でなかったことに、心から安堵《あんど》する。

湯気の立ったせいろを運んでいくと、また歓声が上がる。

席に座ると、波由が、唐揚げののった皿を前に置いてくれた。どうやら取り分けておいてくれたらしい。

「はい。作った人が食べられないの、可哀想だから」

「ありがとう」

ほかになにもないなら寂しいが、今はまだターメイヤもあるし、治部煮もこれからくる。それでも、気遣いはとてもうれしい。

陳さんたちは、笑顔で蒸し直したおむすびを食べている。ふうちゃんも気に入ったらしく、あたたかいものにも手を伸ばしている。

芹さんが治部煮の土鍋を持って、戻ってくる。

他の人たちは、違うものを食べているから、遠慮せずに、手を伸ばして、自分の分を取り分ける。出汁と鴨肉のいい香りがして、にんじんは煮崩れる気配もないのに柔らかく、ほうれん草はまだしゃっきりとしている。プロの料理だ、と思う。

出汁の味が知りたくて、レンゲを使って一口飲んだ。

昆布と鰹《かつお》のオーソドックスな出汁に、鴨の旨《うま》みが溶け込んでいる。ためいきが出るほどおいしい。これは、家庭ではなかなか出せない味だ。

最後のピリ辛豆乳うどんは、胡麻風味の豆乳の出汁に、細めのうどんを入れたものだった。これもはじめて食べる組み合わせだ。春菊、生姜、葱など薬味がたっぷりと、豆板醤《トウバンジャン》のようなものが添えられていて、自分で好きなように風味を調節できる。

すでにお腹はいっぱいに近かったが、するすると食べられてしまう。

料理がなくなってからも、談笑は続いた。わたしも、少しずつ、英語に慣れて片言でも話せるようになってきた。

楽しい。なのに、まるで楽しさの隙間から、なにかに胸を刺されるような気がした。

陳さん一家は、足の悪いお祖母《ばあ》さんをいたわりながら、北京《ペキン》から日本にやってきた。東京にしばらく滞在してから、京都にきたらしい。明日、大阪に出ていろいろ買い物を楽しんで、明後日《あさって》北京に帰ると言っていた。

こんなになごやかな家族になれなかったのは、どうしてなのだろうか。

家族旅行をしなかったわけではない。だが、邦義は予定通りいかないことがあれば、いつも機嫌が悪くなったし、わたしはいろんな場所で忘れ物をしてしまい、彼の機嫌を損ねてしまった。そのせいか佐那はあまり旅行を好まなかった。

家族旅行の思い出なんて、数えるほどしかない。

わたしの作った料理が、喜んでもらえたことはうれしい。でも、ケータリングの料理もとてもおいしかったし、別にわたしの作ったものが特別なわけではない。

みんなが笑って、楽しそうにしている場所にいる方が、自分がたったひとりだと感じてしまうような気がした。

楽しくないわけではないのに、わたしの笑いにはどこか苦いものが混じり続けている。

会話が途切れたタイミングで、わたしは空いた食器を下げるふりをして、そっと席を立った。

シェアハウスの台所に戻り、油を濾《こ》してオイルポットに戻す。古新聞を使って、揚げ物に使った鍋を拭《ふ》く。いつもは面倒でたまらない揚げ物の後始末だが、台所でひとりになったことで、ようやく深く息がつけた。

楽しくなかったわけではない。ずっとひとりでいるより、気が晴れたし、たぶん来週も参加するだろう。

でも、やはり緊張はしていたし、気疲れもした。つくづく、自分が社交的でないことを思い知らされる。

シェアハウスの引き戸が開く音がした。

「眞夏さん、いる?」

波由の声だ。わたしは水を止めて、返事をする。

「いるよ。今、台所。油の始末を忘れてたから……」

「陳さんたちが、もう寝るから、みんなと写真が撮りたいんだって。眞夏さんも入ってほしいって」

「今すぐに行きます」

手ふきの麻布で濡《ぬ》れた手を拭《ぬぐ》い、わたしは小走りで向かう。

胸の痛みはまだ感じるけれど、あの人たちの楽しい記憶の一部になれることがうれしかった。

芹さんとふたりで、ゴミをまとめて、使った食器を片付ける。

「陳さんのところのお嬢さん、少し気にされてました。作ってくれた眞夏さんに失礼じゃなかったかって。中国では冷えたごはんは食べないそうなんです」

「あ、全然大丈夫です。札幌では、おむすびをレンジであたためるのが普通だったし」

「え、そうなんですか。びっくり」

たぶん寒い地域での常温は、おむすびを食べるのには冷たすぎるのだ。それに冷たいごはんよりもあたたかいごはんの方が、おいしいと感じる気持ちはわかる。ふと、疑問が湧いてくる。

「じゃあ、中国ではお弁当とか食べないんでしょうか」

「たぶん、外食文化だから、外でぱっと食べられるものが多いんじゃないかな。あたためて食べることもあるだろうし」

近い国でもずいぶん違う。陳さんたちに聞いてみればよかった。

「楽しいですね。いろんな国の人と交流するの」

そう言うと、芹さんは大きく頷いた。

「でしょう」

そのあと、ふうっと息を吐く。

「だから、パンデミックの時期は苦しかったです。ようやく日常が戻ってきたのに……」

身体がままならないことに不安を感じているのだろうか。よくわからないのに、安易な慰めは言えない。

治部煮の入っていた古い土鍋を洗う。ケータリングのお店のものだろうか。風待荘の台所では見たことのない鍋だ。

「ケータリングのお料理も、すごくおいしかったです。バリエーションに富んでて」

おばんざいの店だと書いてあったから、京料理なのかと思ったら、加賀《かが》料理もあれば、エジプト料理もある。最後のうどんも、豆乳と胡麻を使って、動物性の出汁を使わなくてもおいしく食べられるように仕上げてあった。

「そうでしょう。この近くのお店なんです。お店で食べてもおいしいですよ。ヴィーガン専門店ではないんですけど、以前、ヴィーガンのゲストが多いことを相談したら、動物性の食材を使わない料理をいろいろ研究してくれて。おもしろい女将《おかみ》さんです」

「今度、食べに行きます。すなはらさんでしたっけ」

「さはらさんです。なんでも、サハラ砂漠を見て感動したそうです」

なんだかおもしろそうなお店だ。心のＴｏＤｏリストに書き込んでおく。

少しずつ、やりたいことや見たいものが増えていく。京都の名所も、まだ徒歩で行けるところしか行っていない。

「金閣寺や仁和寺《にんなじ》や、嵐山《あらしやま》も行かなくちゃ」

思わずつぶやくと、芹さんが言った。

「十一月の紅葉シーズンはすごい人になるから、早く行った方がいいですよ。金閣寺は、バスでしか行けないし、人でぎゅうぎゅうです。十二月以降は寒くなるし」

「そうなんですね。急がなきゃ」

「でも、雪の金閣寺もめちゃくちゃきれいですよ。雪が降りだしてから行けるのは、住んでいる者の特権です」

またひとつ、楽しみなことが増えた。今年、雪は降るだろうか。


銭湯が閉まる前に、駆け込むことができた。

もう風呂《ふろ》のない家など、ほとんどないだろうに、この銭湯はいつも賑《にぎ》わっている。常連らしきお年寄りなどが、脱衣場の椅子に座って話し込んでいたり、観光客らしき外国人や若い女性たちが、はしゃいでいたりする。

英語や中国語、韓国語などの説明書きもあるのが、京都らしい。

先に身体と髪を洗ってから、湯船に浸《つ》かると、深いためいきが漏れた。

スーパー銭湯だとかは、何度か行ったことがあるが、街中の銭湯には、風待荘にきてから、はじめて入った。

子供の頃から、家に風呂はあったし、銭湯に行くような習慣もなかった。最初はどきどきしたが、大きな湯船に入る心地よさを覚えてしまったら、やめられない。

湯船で隣にいた老婦人が話しかけてきた。

「あなたもこのあたりのお方?」

「そうです。最近引っ越してきたばかりですけど」

「どちらから?」

「東京です」

「まあ、えらい遠くから」

これは嫌味なのかと考えるが、まあ気にしないようにする。彼女はずっとこの近くに住んでいると言った。

「家にも風呂はあるけど、もし倒れても誰にも気ぃついてもらわれへんでしょ。心配やからここへきてるんよ」

「おひとりなんですか？」

「そう、ひとり。気楽でええわよ」

思い切って言ってみた。

「わたしもひとりです」

「あら、せやの？　自由がいちばんええわよね」

そうなのだろうか。わたしはまだそんなふうには思えない。

この女性はどんな過程で、ひとりになったのだろうか。もともとひとりだったのか、離婚か、死別か。子供はいるのだろうか。わざわざ聞くつもりはないが、わたしよりも三十歳以上年上に見える人が、「ひとりはいい」と言っていることが、胸に残った。

湯船を出て、身体を拭き、服を着る。銭湯に慣れた人は、バスタオルなど使わず、薄いタオルで身体を洗い、それをきゅっと絞ったもので、身体を拭き上げる。とても粋《いき》だし、洗濯物が増えないのも経済的だ。

いつか真似したいと思いつつ、バスタオルを使ってしまう。

暖かい日で、少し歩きたい気持ちになり、コンビニエンスストアまで足を延ばした。アイスキャンディーを一本買い、夜風に吹かれながら食べた。

そういえば、家族と暮らしているときは、用事がないのに、夜にふらっとコンビニに行ったりもしなかったし、アイスキャンディーを歩きながら食べたりもしなかった。

少しだけ自由になった気がした。


部屋に帰ってから、佐那にメッセージを送ろうと思ったが、少し考えて止めた。

山盛りの唐揚げの写真や、陳さん一家と一緒に撮った写真を送りたかったが、彼女はそんな写真に興味はないだろう。

唐揚げが好きで、いつも作ってあげたというのも、わたしの感傷に過ぎない。唐揚げなんて、誰でも作れる料理だし、どこのスーパーやお弁当屋さんにも売っている。わたしの作ったもの以外は食べられないなんてことはない。

ふと、十年ほど前、ひさしぶりに、昔の同僚、河内《かわち》さんと会ったことを思い出した。

ホテルで働いていたときの同期だったが、河内さんは独身のまま、仕事に打ち込んでいた。新卒で入社したビジネスホテルチェーンはやめて、外資の高級シティホテルに正社員として就職し、上海《シャンハイ》のホテルに異動になるという話で、当時の同期と、彼女がしばらく日本を離れるお別れ会をしたときだった。

結婚して仕事をやめていたのはわたしだけで、そのことに少し引け目を感じた。

思えば、同期のうち半分以上は男性だったし、女性は四人だけだ。結婚して、子供のいる女性もいたが、その人は時短勤務で仕事を続けていた。

そのせいか、わたしはやけに饒舌《じょうぜつ》になってしまった。

河内さんを前に、佐那がいかに、わたしの唐揚げとちらし寿司が好きかという話を延々としてしまった。

「やー、小野田さんもすっかりお母さんだなあ。あ、保泉さんだっけ」

同期の男性がちょっと笑いながら言って、わたしは我に返った。急に、そんなどうでもいいことを長々と話してしまった自分が恥ずかしくなった。

河内さんはこれから、日本から世界に出て行くのに、どれだけ娘が唐揚げが好きかという話なんてくだらなすぎる。

思わず口をつぐんだとき、河内さんが言った。

「佐那ちゃん、すごく幸せな子だね。お母さんが作ってくれた料理は、いつか宝物になるよ」

その言葉に、わたしは少し救われたのだ。

後になって、もしかしたら、あれは嫌味も少し混じっていたのかもしれないと考えたこともあるが、河内さんはそんな意地悪な人ではないと信じたい。

ホテル時代の同期とも、関係は途絶えていたが、河内さんの携帯番号は、まだわたしの携帯電話に残っている。

もしかしたら、もう番号は変わってしまっているかもしれない。そう思いながら、わたしはメッセージを入力した。

届かなければ届かないで別にかまわない。


河内さん、こんばんは。旧姓小野田の保泉です。お元気ですか？　実は、今、離婚してひとりになって、京都で暮らしてます。河内さんは相変わらず、世界に羽ばたいているのかな。また時間のあるときにでも、よろしければ、近況教えてください。


ずっと、離婚したことを、昔の友達に話せなかった。

なにもなくなった、惨めな自分をさらけ出すような気がしていた。だが、河内さんはわたしなんかよりも圧倒的にきらきらとした人生を歩んでいるはずで、それはわたしが結婚していても、離婚していても変わりはない。

驚いたことに、返事はすぐきた。

「保泉さん。連絡すごくうれしいです。わたしは今、大阪にいます。すぐ近くなので、もし会えるなら会いたいです。ホテルもやめちゃったよー。くわしいことは会えたときに話します」

胸がどきどきした。彼女が近くにいること、わたしに会いたいと思ってくれていることがうれしかった。

月曜日の午後に会う約束をした。彼女は高槻《たかつき》という、大阪市と京都市のちょうど中間の街に住んでいるというので、四条河原町《しじょうかわらまち》付近で会うことにする。京都にきたばかりのわたしより、彼女の方が京都にくわしいだろうからということで、店は彼女が探して連絡してくれることになった。

外資系のホテルを辞めたというのが気にかかる。他にいい仕事を見つけたのか、それとも結婚して、子供を持ったのか。

十年経てば、まるで違う人生を歩んでいるかもしれない。特に女性は。

男性は仕事を辞めるという選択肢を選ぶことは少ない。それもまた息苦しいのかもしれないが、結婚しようが、子供を持とうが、あまり変わらない場所にいられることは、今のわたしにとっては少しうらやましい。たぶん、それは離婚の時も同じだろう。

6

四条河原町界隈《かいわい》は、いつも人で賑《にぎ》わっている。

観光客らしき人もいるが、地元の若い人や学生たち、落ち着いた雰囲気の年配の人たちも多い。

もちろん、繁華街の規模でいえば、東京とは比べものにならないし、福岡や札幌よりも小さい。それでも百貨店もあるし、愛用の化粧品なども手に入る。買ったことはないが、憧《あこが》れのハイブランドもちらりと覗《のぞ》くことはできる。呉服屋や、和装小物の店、お茶の店などの比率が多いのが、京都らしいところだ。

まだ東京に帰りたいとは思わない。もちろん、三ヶ月、半年と、長くいれば気持ちも変わるかもしれないが。

まだ一週間しかここにいない。だが、このくらいの都会が、居心地がいいかもしれないと思い始めている。

波由はよく、大阪に行くと言っていた。京都で手に入らないものや、見られないものも、大阪に行けばあるのだろう。電車で一時間くらい。このくらいの距離を通勤している人もいるはずだ。

丸善で本を何冊か買い、河内さんがメールで知らせてくれたカフェに向かった。

スマホに地図を表示して、きょろきょろしながら歩くわたしは、どう見ても観光客だろう。

鴨川《かもがわ》を渡り、南座《みなみざ》の前を通り過ぎると、少しずつ空気が変わる。

角を曲がると風情のある建物が並ぶエリアに出た。祇園《ぎおん》だ。

舞妓《まいこ》さんが数人、連れだって歩いていく。華やかな着物に目を奪われながら、彼女たちを見送った。

河内さんの予約してくれたカフェは、路地の奥にひっそりとあった。

わたしは格子の引き戸を開けて、中に入った。

店員さんに声を掛ける。

「こんにちは。あの……二名で予約……」

「小野田さん！」

奥から河内さんの声がした。立ち上がってわたしに向かってぶんぶんと手を振っている。

すこしふっくらしただろうか。でも、垢抜《あかぬ》けているところは変わらない。

わたしは小走りで彼女の席に向かった。

窓際の席で、坪庭が見える。店内も空《す》いていて、長居しても迷惑ではなさそうだ。

「素敵なカフェ！」

そう言うと、河内さんは少し自慢げに笑った。

「穴場なの。夜はバーになって賑わうんだけど、昼間はいつも静かで」

「そうなんだ」

席に座ってメニューを見る。自家焙煎《ばいせん》のコーヒーがおいしそうだが、抹茶と和菓子のセットにも惹《ひ》かれる。少し考えて、コーヒーとチーズケーキを頼むことにした。河内さんも同じものを選ぶ。

「えー、いつから京都にいるの？」

河内さんは身を乗り出してそう尋ねた。

「まだ一週間くらい。でも、半年くらいはいるつもり。その後はどうなるかわからないけどね。知人のゲストハウスを手伝っているの」

「そうなんだ。また観光業に戻ってきたんだね」

戻ってきたと言えるだろうか。単に手伝っているだけで、社員というわけではない。

「河内さんは？　どうしてこっちに？」

たしか彼女の実家は東京だったはずだ。ホテルも辞めたと言っていた。

彼女は少し寂しそうに笑った。

「実は、上海で働いていたとき知り合った人と結婚したの。七年くらい前。仕事を続けたい気持ちはあったけど、五年前に彼の駐在期間が終わって日本に帰国することになったし……でも、タイミングはよかったと思ってる」

パンデミックの期間、中国はロックダウンが厳しくて大変だったと聞く。続けていればホテルの仕事も難しかっただろう。

「それで、彼の今の仕事が大阪だから、高槻に」

「そうなんだ」

何年か前の自分を見ているようだ、と思う。夫の仕事での移動が多ければ、彼女自身が働くのも簡単ではない。どうしても非正規になってしまうだろう。

「今は、インバウンドの観光客が戻ってきたから、フリーランスのガイドをやってる。一応、英語も中国語も話せるし。今はけっこう忙しいよ」

それでも彼女は自分が輝ける場所を見つけている。それを眩《まぶ》しいと思わずにはいられない。

「だから今は河内じゃなくて、池島《いけしま》。保泉さんは旧姓に戻してないの？」

「うん、なんかまたあの手続きをするのがめんどくさくて。旧姓にもそこまで思い入れはないし」

「わかる。死ぬほど面倒だよね。あんなに面倒だとは思わなかった」

それより、佐那と違う姓になってしまうことが耐えがたかった。これまでの時間を消されてしまうようで。

「お嬢さんは？　一緒？」

「ううん、もう高校生だし、夫が引き取った。向こうの方が経済力はあるし、向こうの新しいパートナーとも仲良くやれているようだし」

佐那の話をするのはまだつらい。離婚したことを話すより何倍も。

まだ乾いていない傷口に触れられているような気がする。

「そう……」

河内さん、いや、池島さんが暗い顔になったので、慌てて付け足す。

「でも、連絡は取り合ってるよ。会いたくなったらいつでも会えるし」

「そう？　それならよかった。寂しいもんね」

寂しい。それは事実だ。いつでも会えると思っても寂しい。今は物理的な距離をとても感じる。

わたしは話を変えるために言った。

「でもよかった。河内さん……じゃなくて池島さんが充実してるみたいで」

彼女は軽く首を傾げた。

「充実……かあ。そうだよね」

パートナーを見つけて、自分の特技を活《い》かせる仕事をしている。だが、彼女の顔は少し寂しそうだった。

「なにか悩みでも？」

「悩みというわけではないけど。十年前に考えていたわたしの未来ってこんなだったかなって思っちゃう。ホテルで働くの好きだったし、もっといろんな国に行きたかった。家事をやりながらだから、フリーランスのガイドといっても、自活できるほど稼げているわけじゃない」

わたしは言葉に詰まった。

彼女の不満は今のわたしには、贅沢《ぜいたく》に聞こえる。だが、思ってた未来ではないという息苦しさは今のわたしにも理解できた。

「パンデミックもあったしね……」

彼女の選択の結果だけとは言えない。

池島さんはコーヒーをごくりと飲んだ。

「あのね。話したくなかったらそう言ってね。でも保泉さんの離婚の原因って……」

「夫の浮気」

「ああ……そっか。それはひどいね」

ひとことで言ってしまった。だが、これでは浮気をした夫にわたしが愛想を尽かしたみたいだ。真実はそうではない。夫は、わたし以外に好きな人ができて、わたしに離婚を切り出した。

(もう、きみのことは愛していない。もう何年も、ずっと愛していなかった)

聞いたときは、なにを青臭いことを、と思った、彼の言葉は、わたしの心臓に刺さったままだ。バカバカしいと笑い飛ばしたくなるときもあるし、世界一不幸になればいいと思うときもある。どうでもいいと思うことだってある。ただ、どうでもいいと思っていてさえ、この言葉の棘《とげ》は痛み続ける。

二十年近く一緒にいて、彼が望むように、彼が快適に過ごせるように心を砕いてきた。そんな時間を踏みにじられた気がした。

もし、わたしが彼の新しい恋人だったら、そんなふうに二十年連れ添った妻に離婚を切り出す夫を、魅力的だと感じるのだろうか。

もうなにもわからない。

「保泉さんは……再婚は考えてないの？」

「え？」

思わず問い返してしまった。そんなことは考えたこともなかった。

「もちろん、まだそんな気になれないのも当然だと思うけど……」

「というか……まだ……というか、ちょっと想像もできない」

それよりも、わたしが驚いたのは、池島さんの口からそんな質問が出たことだ。わたしの知っている彼女は、離婚した人にそんなことを聞く人ではなかった。男女にかかわらず、人間はひとりで生きていけると信じているような人だった。

小さなためいきが出た。

たぶん、彼女は知ってしまったのだ。キャリアを中断された中年の女が、ひとりで生きていくのが簡単なことではないということを。

わたしはどうだろう。結婚しているときなら、同じように考えたかもしれないし、離婚した友達に、同じ質問をしたかもしれない。

今のわたしは、どうしてそうは思わないのだろう。

ひとりで生きていくのは簡単じゃない。でも、誰かと共に生きても、足下は簡単に揺らいで、どんなに大事なものでも壊れてしまう。

ならば、生きるためだけに、誰かと結婚する意味はない。

もちろん、一緒に生きていきたいと思うような人が現れれば別だが、積極的に探す気にもなれない。

「わたしはもう結婚はいいかな……」

「どうして？　浮気されたから？」

池島さんはやけに食い下がる。それで気づく。彼女はなにか鬱屈《うっくつ》を抱えているのではないだろうか。

「それだけじゃないけど、ちょっともう疲れちゃった。池島さんのお連れ合いの方は、いい人なんでしょ」

そう答えると、彼女は少し目を伏せた。

「うん、いい人だよ。家事もわりと分担してくれるし、優しいし、休みの日は一緒に過ごすし……」

「そうなんだ。よかったね」

心にわだかまりなくそう言える。だが、彼女の顔は晴れない。

「でも……どうやっても伝わらないことがある」

「たとえば？」

彼女はふうっと息を吐いた。

「彼が、わたしと一緒に行きたいと思っているイベントがあって、その日にわたしが仕事の予定を入れてしまっていたとき、いつも言われるの。『変更できないのか』とか『断れないのか』とか。もちろん、逆の立場のとき、わたしはそんなことを言わない。言えないよね。仕事の予定なんて、簡単に変更できるものじゃないし、信用に関わる。でも、彼はわたしの仕事のことを、軽く考えてるんだなと思ってしまうの。確かに彼が稼いでいるほど稼げるわけじゃないけど……」

もう残り少なくなったコーヒーをスプーンでかき回しながら、彼女は話し続ける。

「もし、わたしが正社員として働き続けていたら、そんなことは言われないだろうなって思ってしまう」

そう言えばいいのに、と喉元《のどもと》まで出て、呑《の》み込んだ。それが簡単ではないことをわたしは知っている。もしくは言っても、真剣には取り合ってもらえないか。

そして、抗議して、ギスギスするよりも自分が我慢する方がずっと簡単だと思ってしまうのだ。

「毎年、お正月には彼の実家に一緒に行って、わたしの実家に行くときは、年末年始ではない普通の休日に、わたしひとりで帰ることも、ちょっと体調を崩したら、『仕事なんて休めばいいのに』って言われることも、みんな胸に刺さる。なにより、言っても伝わらないとか、彼だって悪気があるわけじゃないから、と呑み込んでしまう自分が嫌」

「わかるよ」

そう。ずっとわたしも言わなかった。転勤についていくために仕事をやめたことへの不満も、母が闘病している間、看病するために東京に帰るとき、元夫が毎回不機嫌になったことも、全部、小さな棘になっていた。

わたしは愛されていなかった。そう思って全部謎が解けたような気分だ。

でも、だったらどうして邦義は、愛するのをやめてからも、わたしと家族で居続けたのだろうか。佐那の母親だからか、家のことをする家政婦だったのか。

もちろん、これはわたしの話であり、池島さんが愛されていないというわけではない。それはわかっている。

わたしはすっかり冷めてしまった残りのコーヒーを飲んだ。

とてもおいしいコーヒーだったのに、あまり味わって飲めなかったな、と考える。

「わたし、家事もあんまりできないしさ。料理も上手じゃないし。保泉さん、料理上手《うま》かったよね。働いていたときも、手作りのお弁当持ってきてたし、おいしいケーキ焼いて持ってきたこともあったでしょ」

「そうだっけ？」

まったく覚えていない。記憶を探る。

「ほら、同期の村上《むらかみ》さんが転職するときに、村上さんのマンションでお別れパーティしてさ」

思い出した。キャロットケーキを焼いたのだ。

手作りのお菓子は好みもあるから、人にあげたりしないことにしていたが、村上さんもお菓子作りが好きで、ときどき焼いたものをプレゼントし合っていた。お別れパーティの時、おいしかったと言って、キャロットケーキをリクエストされたのだ。

「しばらく焼いてないなあ」

佐那が小さい頃は、よく作ったが、ティーンエイジャーになると「太るから」と言ってあまり喜ばなくなった。わたしもひとりで作って、自分で全部食べるほど健啖家《けんたんか》ではない。

実家にいたときは、母も姉もわたしの作るお菓子を喜んでくれた。その頃は姉ともまだ仲がよかった。たぶん、失敗もたくさんして、そんなにおいしくないものも作ってしまったが、それでもふたりは、笑顔でわたしの作ったものを食べてくれた。

「あれ、素朴な味でおいしかったよ。クリームチーズがたっぷりのってて」

「キャロットケーキだったよね。あんまり外で売ってないケーキだもんね」

最初はなぜにんじんをケーキにするのだろうと思ったが、昔は砂糖が貴重だったから、甘いにんじんでケーキを作ったのだと聞いて、納得した。

池島さんは、窓の外に目をやった。

「なんかさ、遠くまできちゃったね」

「そうだね」

物理的な距離の話だけではない。たった十年で、わたしの環境も変わり、彼女の環境も変わった。

ほんのちょっと、あのきらきらした彼女でいてほしかったと思う自分もいるが、それも勝手な感傷に過ぎない。

たぶん、結婚せずに頑張って働いていても、それはそれで違う痛みと鬱屈があるはずだ。

ただ、今わたしたちは、十年ぶりに会えて、同じ時間を共有している。そのことだけでもうれしいと思うのだ。


その後、ふたりで八坂神社と二寧坂《にねいざか》あたりを散歩した。

彼女はわたしに名刺をくれた。

「ゲストハウスで、もし、ガイドを探している旅行者がいたら、声かけてね。中国語と英語ならなんとかなるから」

「うん、連絡するね」

帰り際、池島さんは言った。

「これからは名前で呼んでいい？　正直、保泉さんって呼ぶのあまりぴんとこなくて。眞夏だったよね」

わたしも池島さんと呼ぶのが、少し窮屈だった。彼女の名前は千景《ちかげ》だ。

「じゃあね。眞夏」

「またね。千景」

名前を呼び合って、大阪に帰る彼女を阪急の駅の入り口で見送った。

連絡を取ってよかったと心から思った。

7

朝、布団から出た瞬間に震え上がった。

身震いして、もう一度布団に横たわった。一度止めたスマートフォンのアラームを、十分後に設定し直して、頭から布団をかぶる。

この家の冬は寒いと聞いていたが、なるほどこれは手強《てごわ》い。

十一月になったとたんに、起きるのもおっくうになってしまうのだから、十二月や一月はどれほど冷えるだろう。

十分だけ、布団のあたたかさを堪能《たんのう》してから、えいやっと気合いを入れて起きる。コットンのパジャマを脱いで、スウェットに着替える。

それだけではまだ寒いから、上にフリースのジャケットを着る。買い物に行くときなどに着ていた上着だが、スウェットの上に羽織れるようなものは他にない。ニットは何枚かあるが、部屋着に着るようなデザインではない。

荷物を減らすために、古い部屋着などはすべて捨ててしまったから、新しく揃えなければならない。

部屋を出て、洗面所で顔を洗い、歯を磨く。

談話室では人の声が聞こえる。波由の高い声はよく通るが、一緒にいるのは芹さんか、ふうちゃんか。浅香さんは今日は東京にいる日だ。

風待荘にきてから、三週間が経った。今日は波由がシェアハウスを出て行く日だ。

荷物を置いて行くのかと思えば、その間の家賃がもったいないからと部屋を空けるらしい。段ボール箱数個を昨日、宅配便を利用した引っ越し便で、東京に送っていた。東京ではマンスリーマンションに滞在するという。

「浅香さんが、居候してもいいよって言ってくれたけど、この際だから自立を目指します」

彼女は昨日、そんなことを話していた。

「年末年始は、風待荘で過ごすって言ってなかった?」

「うん、ゲストハウスを一週間、予約してるから戻ってくるよ」

芹さんは波由の部屋を貸すのだろうか。なんとなく聞きそびれている。

だが、若い人は軽やかだ。稽古《けいこ》期間と公演期間、東京にいれば、そこで恋人ができたり、居心地のいい場所ができたりするかもしれない。もうここに帰ってこないかもしれない。そう考えると、少し寂しいが、それでもその自由さがうらやましい。

望むか望まないかではなく、わたしはひとりになっても、そんなに軽やかに動けそうにない。

身支度をして、談話室に行くと、波由と芹さん、ふうちゃんの三人がいた。波由はダウンコートを着ているし、芹さんとふうちゃんは、綿入れの半纏《はんてん》を着ている。なるほど、風待荘の冬は、こういうものが必要らしい。

「おはようございます。眞夏さん。今日は冷えますね。あとでこたつ出しますね」

この寒さだと、こたつから動きたくなくなりそうだ。

「波由は何時に出発するの?」

「今夜の夜行バス」

「新幹線じゃないの?」

「だって、値段が倍以上違うんだよ。観光で行くなら時間も大事だけど、今回はゆっくり行っても全然オッケーだし」

一ヶ月稽古をして、一ヶ月舞台に立つ。その後、大阪や名古屋や福岡でも地方公演をすると聞いている。わたしや、シェアハウスのみんなも大阪公演のチケットを買っている。

「眞夏さん、朝ごはんは？」

芹さんがそう尋ねる。

お腹も空《す》いてきたが、今日は出発するゲストハウスの客がいる。チェックアウトの手続きをしなければならない。

「先にゲストハウスの方の用事してきますね」

「あ、そうだ。チェックアウトですよね」

八時頃出発すると聞いているが、今は七時だ。早めに行っても、向こうで予約のチェックをしたり、備品の発注をしたりの用事はある。

「わたしが行ってきます。なにかありましたら呼びますね」

病気のせいで、貧血がひどいらしく、彼女は最近、ひどくだるそうにしている。足が痣《あざ》だらけなのに驚いて、尋ねてしまったこともある。内出血を起こしやすく、治りにくいのだと聞いた。

あまり心配すると、彼女は居心地悪そうな顔になる。まるで罪悪感を抱いているようだ。

ゲストハウスの方も寒かった。特に土間は足下から冷える。

頭の中の買い物メモに書き足す。暖かい靴下、綿入れの半纏、暖かいブーツ。これからまだ寒くなることを考えると、電気毛布などもあった方がいいかもしれない。

荷物をあまり増やしたくない気持ちはあるが、風邪を引いてしまっては元も子もない。

一週間滞在したアメリカ人家族が、大きなスーツケースを引きずって出てくる。チェックアウトの手続きをすませて、タクシーを呼ぶか聞くと、公共交通機関で移動するから大丈夫だという返事だった。

この荷物でバスに乗り込むのは大変なので、地下鉄で行くようにアドバイスする。これから新幹線で東京に移動するらしい。

十一月の京都は、紅葉が美しいらしく、予約もいつもより詰まっている。ただ、今年は暑い時期が長かったので、まだあまり木々は染まっていないと聞く。

宿の近くから見える比叡山《ひえいざん》も、深い緑から少しずつ色を変えている。

新しい予約をチェックする。十二月は少し余裕があるが、年末年始もぎっしりだ。

一月、二月あたりは予約が減るが、来年の四月にはもうすでにいくつも予約が入っている。たぶん、桜が目当てなのだと想像がつく。

半年くらいという約束だから、四月はまだここにいるだろう。だが、その先は想像もできない。

最近、佐那にメッセージを送る回数も減っている。あんまりしつこくすると、鬱陶《うっとう》しいと思われるかもしれないし、彼女が元気でやっていれば、それでいいと思うようにもなった。

掃除は後回しにして、一度シェアハウスに戻り、朝食の用意をする。

冷凍していたごはんを解凍し、納豆と目玉焼き、昨日の残りの味噌《みそ》汁。あっという間に準備できる。

たまに干物や塩鮭を焼いたりするが、今日は昼から外食しようと思っているから、少し軽めにする。

談話室には、芹さんがひとりでいた。波由もふうちゃんも出かけてしまったらしい。

「波由はもうこのまま東京ですか?」

「そうみたいです。実家に顔を出して、そのあと友達に会ったり、バイト先に挨拶《あいさつ》したりするみたいだから、たぶん帰ってこないかなあ」

もう会えないわけではないが、あっさりしていて、少し寂しい。佐那もそうだったな、なんて考える。

「波由の部屋、どうするんですか?」

「さあ、どうしよう。あそばせておくのはもったいないから、誰かに貸すことになると思います」

「でも、舞台が終わったら戻ってくるんですよね」

「二月になったら、ふうちゃんがアイスランドに帰るんです。だから一ヶ月経ったらそこが空くし」

きゅっと胸が痛くなる。みんなずっとここにいるわけではない。少しずつ変化していく。

「二月はどちらにせよ、観光客も減ると思うから、ふうちゃんが帰るまではゲストハウスの方に寝泊まりしてもらってもいいし」

つまり、ここに新しい人がやってくる。うまくやれるだろうか、と、心配になるが、仕方がない。シェアハウスというのはそういう場所だ。

わたしもいつまでここにいられるのかわからない。

芹さんは自分に気合いを入れるように立ち上がった。

「こたつ出すので、手伝ってもらえます？」


ひとつだけわかったことがある。

落ち込んでいるときは、ひとりでいない方がいいのだと。

部屋に籠《こ》もっていても、ドアの外に人の気配がするということ。ちょっとした会話をする人たちが近くにいること。それだけで少しは救われるのだと。

離婚して、家にひとりでいたときは、なにもする気が起きなかった。ぼんやりテレビを眺めていて、部屋は荒れ放題だった。

やりたいことはなんでもできたのに、なにもしたくなかった。

今は少なくとも、朝起きて、決まった仕事をして、自分で料理を作って食事をする。日々、代わり映えはしなくても、泥のような気分で一日を終えることはない。

ひとりになったからこそ、それがどれほど貴重なことかわかるのだ。


一時ちょうどに、わたしはその店の引き戸を開けた。

「おいでやす」

カウンターとテーブルがふたつだけの、間口の狭い小さな料理屋。店の前に出された木の看板には、「砂原」と書いてある。

「あの、予約した保泉です」

「あ、はいはい。カウンターですよね」

コの字形のカウンターの中にいるのは、六十代くらいの女性だった。白髪交じりの髪をかんざし一本で結い上げて、割烹着《かっぽうぎ》を着ている。女将《おかみ》さんだろうか。

いつも、芹さんが交流パーティの時、ケータリングを頼んでいる店だ。あの後も、何度か食べたが、どれも少し珍しくておいしかった。

「風待荘の方でしたよね」

そう尋ねられて、わたしは頷《うなず》いた。予約の時に、芹澤さんに聞いたという話はした。

「ケータリングのお料理がいつもおいしくて、お店でも食べたいなと思っていたんです」

カウンターに置かれたメニューを見る。

ランチメニューは定食が多い。銀鱈《ぎんだら》の西京焼《さいきょうや》き、鱈の煮付け、牡蠣《かき》フライ。カレーライスや、ハヤシライスなどもある。

煮魚をしばらく食べていない。鱈の煮付け定食にしようかと思ったとき、女将さんが言った。

「もしよかったら、夜に出すつもりの漬け物鍋《なべ》もできますよ」

「漬け物鍋？」

「そう。小鍋仕立てで一人分。ごはんと小鉢を付けて、千百円」

「漬け物を鍋にしているんですか？」

「そう。キムチ鍋なんかも、キムチが発酵してるからおいしいでしょう。同じように古漬けの白菜で鍋にしてみたの」

確かにキムチ鍋はおいしいが、それ以外の漬け物を鍋にするなんて考えたことがない。だが、おいしそうな気がする。

「じゃあ、それにします」

「はい。漬け物鍋定食ね」

先に、小鉢が出される。高野豆腐《こうや》としいたけの煮物だ。高野豆腐を口に運ぶと、口の中で甘いお出汁《だし》が弾《はじ》けるように広がった。とてもおいしい。

子供の頃は、むしろ嫌いなおかずだったのに、こんなにおいしいなんて知らなかった。なにより出汁の味が格別だ。

こんな少しではなく、たくさん食べたい、なんて考えてしまう。

そうこうしているうちに、目の前に湯気の立った鍋が置かれる。旅館の食事のような固形燃料を使うのではなく、先ほどまで火に掛けてあった土鍋で提供されるらしい。

蓋《ふた》は女将さんが開けてくれた。

豚肉と白菜、すぐき、それから春雨ときのこと春菊が入っている。レンゲで小鉢にスープをすくって飲む。

あまりに鮮烈な旨《うま》みに驚いた。白菜漬けらしい酸味があるのだが、それが旨みになっている。それに豚肉との香りの相性がいい。

「おいしい……」

なにより、今日のように寒い日には温まる。豚肉もおいしいし、すべての旨みを吸った春雨も最高だ。

「これ、本当においしいです」

どうやったら、こんな料理を思いつくのだろう。女将さんは目を細めて笑った。

「中国の東北部に、白菜の漬け物とスペアリブを使ったスープがあるんですよ。春雨も入っててね。それを日本の白菜漬けで作ってみたの」

「中国の東北部……」

北京くらいしかイメージできない。もちろん行ったことはない。

「モンゴルやロシアや北朝鮮とかに面しているから、そちらの影響も大きいみたいやね。羊の肉や、小麦粉の料理が多いそうよ」

乳酸発酵した白菜と豚肉の旨みが、あまりにもよく合う。たしかに辛くないキムチ鍋のような味わいだ。

決して尖《とが》っているわけではない。優しいのに、世界への扉とつながっている。不思議な料理だと思った。

最後はスープにごはんを入れて、雑炊にして食べた。お腹はいっぱいだし、身体の芯から温まった気がする。

「おいしかったです。またきます」

西京焼きや牡蠣フライだって食べてみたい。女将さんは、にこやかに頷いた。

8

今年の十一月はあまり寒くない。

特に意識はしていなくても、そんな話はあちこちから聞こえてくる。

商店街の顔見知りの店、ゲストハウスに出入りする業者、浅香さんやふうちゃんからも。

正直、あまりぴんとこない。

去年の秋はどんな気温だっただろうと考える。東京で、まだ離婚も切り出されていなかった。この日々がずっと続くと思っていたし、そろそろマンションでも買って落ち着きたいと思っていた。

賃貸で住んでいたマンションはあまり寒さを感じなかった。南向きで日当たりがよかったし、冬でも昼間なら暖房は必要なかった。寒い夜にだけエアコンを稼働させていた。

風待荘では、朝起きたときから、空気が冷たいと感じる。

布団から出るのに勇気が要る。十一月なのに、すでに綿入れの半纏《はんてん》を着ているし、こたつにも入る。

ゲストハウスの談話室にもこたつがあり、ゲストたちがそれに入ってお茶を飲んだり、楽しげに話をしたりしているのを見かける。寒い日の夕刻以降には、石油ストーブも用意する。

つまり、わたしはいつもの十一月より寒い十一月を過ごしている。

十一月でこれなら、十二月、一月はどんなに寒いことだろう。だが、不思議と嫌な気持ちはしなかった。

朝の冷たい空気は、身が引きしまるような気がするし、外に出ると空と山がもっと美しく見える気がした。自分が自然とつながっている感じがする。そんな寒さだった。

もちろん、あまり寒くない十一月だからということもあるだろう。来年一月には泣きべそをかいているかもしれない。

それでも、廊下や出入り口にのれんを一枚かけるだけで、少しだけ寒さがやわらいだり、こたつの心地よさを実感したりすることは、自分の知らなかった冬と出会うようで悪くない。

料理をするときに、長袖《ながそで》の半纏では袖口に火がつきそうで、袖のないものも新しく買った。袖無しの半纏を着て、鏡に映ったわたしは、垢抜《あかぬ》けないおばさんそのものだったけれど、そんな自分も嫌いではないと思えた。

芹さんも浅香さんも、ふうちゃんも同じような綿入れを着ているけれど、それぞれチャーミングだ。

袖無しの半纏は、背中に綿がたっぷり入っていて、とても暖かい。動いていると汗ばむことすらある。きっともっと寒くなってからも、強い味方になってくれることだろう。

ここへきて、一ヶ月半ほど。祇園や錦市場などに出て、人の多さに驚くこともあるけれど、風待荘のまわりは、土日でもいつも静かで、時間が止まったようにさえ感じる。

仕事にも慣れて、誰に聞かなくても備品の発注もできるようになったし、ゲストと話をするのも楽しい。

家族と住んでいたときのように、常に誰かのために働いている感じはない。

ゲストハウスの仕事は、芹さんから請け負っている仕事だからちゃんとやるが、それ以外の時間は完全にわたしの自由だ。こんな感覚は結婚してからずっと忘れていた。

自分がなにをするかも、夫と娘の予定を確認してから決めていた。出かけても夕食の支度をする時間までには家に帰っていた。

今は食事も、外になにかを食べに行ってもいいいし、コンビニで買ってきたものですませてもいい。

だが、常にひとりでいるわけではなく、シェアハウスの住人たちと一緒に食事をすることもある。誘われて一緒に出かけることもある。寂しくないわけではないけれど、孤独ではない。

事件が起こったのは、そうやってここでの生活にすっかり慣れた頃だった。


その日は千景が風待荘にやってくることになっていた。

ゲストハウスに滞在しているベルギー人の男性、ニコラが、ガイドを探していると言っていたので、英語でいいか確認した上で、千景を紹介したのだ。

今日は伏見《ふしみ》稲荷《いなり》と東福寺《とうふくじ》を観光し、明日金閣寺や嵐山に行くことになったと、千景は電話で言っていた。

ちょうど、紅葉も見頃だというから、人でいっぱいだろう。

なるべく人が多くなる前に観光するため、千景は朝八時にゲストハウスに現れた。

「風情があっていいところだね」

フロントにしている土間を見回して言う。

くわしいコースなどは、メールでニコラと相談したらしいが、伏見稲荷をしっかり歩く予定なのか、千景は完全なハイキングスタイルだ。

有名な千本鳥居は奥の院まで続いていて、そこから先の全コースを歩くのはなかなか体力が要るという話だった。

わたしはまだ訪れたことがない。特に外国人に人気の観光地だということだけは知っている。浅香さんが前に言っていた。

「昔は伏見稲荷は、京都の観光地の中でもそこまで人気があるわけではなかったんだよね。みんなが写真を撮って、ネットに上げるようになってからじゃない？　あんなに人気が出たのは」

たしかに、あの延々と続く赤い鳥居はミステリアスで美しい。どこか異世界に続いているように思えて写真を撮りたくなるのもよくわかる。

少し遅れてニコラが上から降りてくる。わたしは拙《つたな》い英語で千景をニコラに紹介した。ふたりは流暢《りゅうちょう》な英語で挨拶《あいさつ》をしている。

「じゃ、行ってくるね」

そう言ってふたりは出かけていった。あとひとり、八時半頃チェックアウトをしたいというグループがいるから、それまではゲストハウスの方にいるつもりだった。

さっき作った滞在客が自由に飲めるコーヒーを、自分のカップに注ぎ、持ってきた惣菜《そうざい》パンを食べて、朝ごはんにする。

昔、ビジネスホテルで働いていたときは、フロントで働きながら、朝ごはんを食べることなんて考えられなかったが、ここではそんなことを気にする人はいない。

携帯電話に着信があったのでチェックする。佐那からのメッセージだった。

「冬休み、京都に行こうかなって思ってる。六日からの連休って、お母さんが働いているゲストハウス空いてる?」

飛び上がりたいほどうれしい。とはいえ、ゲストハウスはもう予約が詰まっている。予約リストを見なくても覚えている。

「ゲストハウスは今は満室だけど、特別にキャンセル待ち入れとくよ。もし、キャンセルが出なくても、お母さんがホテル代出してあげるから、いらっしゃい」

「やったー。じゃあ、六日に行って、八日に帰るスケジュールで行く」

二泊三日。短いけれど、佐那の顔を見られるだけでうれしい。もう二ヶ月近く顔を合わせていない。

なにより、わたしがしつこく誘ったのではなく、佐那の方からきたいと言ってくれたのだ。連休のホテル代は高いかもしれないが、少しも惜しいとは思わない。

まだ波由の部屋には新しい住人が入っていない。

芹さんが、あまり体調がよくないらしく、募集をかける余裕がないと言っていた。契約を手伝ってもらっている不動産会社にも相談をしなければならないらしい。

芹さんは金銭的に厳しいようなことを言っていた。

一部屋遊ばせておくと、家賃収入にも大きな影響がある。ただでさえ、わたしは家賃を払っていない。

もし、一月まで空けておくなら、佐那に泊まってもらって、わたしが一ヶ月分の家賃を払ってもいい。波由の住んでいた部屋の家賃は五万六千円だと聞いているし、連休の京都なら二泊でそのくらいかかってもおかしくはない。それに、ホテル代がかからないなら、佐那がもう少し長く滞在してくれるかもしれない。

そんなことを考えていると、上からドイツ人のグループ客が降りてきた。

「滞在は楽しめましたか？」

「もちろん。日本文化を楽しんだよ！」

大柄な男性が答える。

ベッドさえない狭い部屋と、シャワーブース。ラグジュアリーとはとても言えないのに、畳や布団での生活を楽しんでくれたのだとしたら、とてもうれしい。

もちろん、クレームがくることもあるが、予約サイトには部屋の説明も写真もちゃんと掲載しているし、説明をすればちゃんと伝わる。もちろん宿泊施設を移ってもらうこともある。

「あの布団とヒーターがついたテーブルは、どこで買えるの？」

メンバーの中の女性に聞かれた。

どうだろう。家電量販店は知っているが、海外仕様のこたつを売っているかどうかはわからない。調べてメールをする約束をする。

彼らはこれから九州を旅行して、東京に寄って帰るという話だった。東京なら京都よりも、珍しいものも手に入りやすいだろう。

タクシーを呼んで、彼らをタクシーの停まる道まで送って行き、ひと息ついた。

空いた部屋に次のゲストが来るのは明日だから、掃除は午後でもかまわない。一度、シェアハウスに戻って、自分の洗濯をしたかった。

コーヒーを飲み干し、カップと自分の携帯電話を手に、シェアハウスに戻る。カップを洗うため、台所に向かおうとしたときだった。

「眞夏さん……」

聞き逃してしまいそうな小さな声で、名前を呼ばれた。芹さんの声だ。

「はい？」

声のする方に向かう。階段の下で彼女が座り込んでいた。

「すみません……タクシーを呼んでくれませんか？」

「どうかしたんですか？」

駆けよって肩に触れる。

「大丈夫です。携帯電話……部屋に置いてきてしまったんで、タクシー呼んでください。さっき、足を滑らせて階段から落ちてしまって……」

はっとした。たしか彼女は骨髄の病気だと言っていた。もし、血が止まりにくいなどという症状があるとしたら大変なことになる。

「タクシーでいいんですか？　救急車とかでなくて？」

「救急車はやめてください。タクシーで」

芹さんは意外なほど強い口調で言った。

「わかりました」

近くのタクシー営業所の番号は、わたしの携帯電話に登録してある。わたしはすぐに電話をかけた。

ちょうどタクシーが出払っていて、早くても十五分くらいかかるらしい。

「流しをつかまえはったらどうですか？」

気楽な口調でそう言われて、ムッとした。

「すぐはこないそうです。救急車の方がいいんじゃないでしょうか」

「大丈夫です。タクシーにしてください」

芹さんにそう言われたので、時間がかかってもいいからと配車を頼んだ。怪我人がいるのでなるべく早くしてほしいと言うと、少しだけピリッとした空気に変わった。

「わかりました。なるべく早く参ります」

電話を切ると、芹さんがかすれた声で詫《わ》びた。

「すみません……」

「電話かけただけです。謝らないでください。芹さんは大丈夫ですか？　頭とか打っていませんか？」

彼女は黙った。

「もしかして打ったんですか？　じゃあ大変なんじゃ……」

「いえ、ちょっとだけです。なんか気分が悪くなってしまって」

自分の脈まで速くなるのを感じる。わたしまで焦ってはいけない。

「なにか必要なものありますか？」

「わたしの部屋の机の下に、青い鞄《かばん》があります。それと、財布と携帯電話が机の上にあるので、それを取ってきていただけますか？」

「わかりました」

芹さんの部屋に入る。覗《のぞ》いたことはあるが、部屋の中まで入ったことはない。電源アダプターで充電している携帯電話を見つけたのでそれをコンセントごと引き抜き、革の財布をつかむ。

机の下にあるのは、青いボストンバッグだった。持ち上げるとずっしりと重い。それだけで、彼女がいつでも入院できるように用意をしていることがわかった。

それらを持って、芹さんのところに戻る。

「お財布と携帯電話。バッグの中に入れていいですか？」

「お願いします」

ファスナーを開けて、電源アダプターと携帯電話、財布を中に入れる。畳んだタオルやパジャマのようなものがちらりと見えた。

わたしの携帯にタクシー会社から着信があった。あと五分で到着するらしい。

「歩けますか？　通りまで出ましょう」

いつも好ましいと思っていたのに、このときばかりは路地の奥にあるという立地が恨めしい。タクシーも救急車も目の前まではこられない。救急車なら担架を運んでくれるだろうが、タクシーは自分の足で行かなくてはならない。

芹さんはわたしの腕をつかんで、立ち上がった。真っ青な顔をしているが、歩けないというわけではなさそうで、少しほっとした。

ゆっくりと玄関まで歩き、引き戸を開けて外に出る。

ぽつ、ぽつと雨粒を感じて、思わず舌打ちしたくなった。こんなときについていない。

だが、外に出ると、少し落ち着いたのか芹さんの足取りもしっかりしはじめる。つかんでいたわたしの腕から手を離して、ひとりで歩けるようだった。

タクシーが通りで待っているのが見える。芹さんがドアを開けてシートに腰を下ろしたのを見てから、わたしも反対側に回って、後部座席に乗り込んだ。

芹さんは驚いた顔になった。

「眞夏さんは気を遣わないでください。ひとりで大丈夫です」

「そんなことを言われても、不安でなにも手につきません。同行させてください。問題ないことを確認したらすぐに帰りますから」

押し問答している暇も惜しい。芹さんは病院の名前を運転手に告げた。

「ゲストハウスの方、大丈夫ですか？」

芹さんに聞かれてわたしは頷《うなず》く。

「大丈夫です。今日、チェックアウトする人はもう手続きを済ませましたし、次のチェックインは明日ですから、帰ってから掃除します」

午後に宅配便が届く予定だが、病院に着いてから日時指定を変更すればいい。

病院には十分足らずで到着した。

大きな建物だった。平日の午前中だから、待っている人も多い。受付に到着すると、彼女は係の女性に診察券を見せて言った。

「すみません。再生不良性貧血でこちらに通っているものです。頭を打ったらすぐきてくれと言われていたのですが、さきほど、階段で足を滑らせてしまって、後頭部を軽く打ちました。

たぶん、大丈夫だとは思うんですけれど、念のため……」

はじめてはっきり芹さんの病名を知った。

待つように言われたのか、彼女はソファに腰を下ろした。わたしに向かって言う。

「眞夏さん、ありがとうございました。病院についたので大丈夫です。もう帰ってくださっても……」

芹さんはいつも人当たりが柔らかくて、笑顔を絶やさない。今だって、口調も表情も優しいのに、なぜかひどく拒絶されている気がした。

帰った方がいいのかもしれない。そう思ったときだった。

看護師さんが車椅子を押してやってきた。

「芹澤さん、すぐに検査しましょう」

彼女はわたしを見て、ぺこりと頭を下げて、芹さんを車椅子に座らせた。

「付き添いの方はこちらでお待ちください」

そう言って、車椅子に乗った芹さんを大慌てで連れて行く。

大病院は待たされるという印象ばかりがあったが、あまりにも早く看護師さんが迎えにきたことと、車椅子で、事態の深刻さがわかった。

もし、彼女が血が止まりにくい状態で、脳に出血があったら、大変なことだ。

芹さんには帰るように言われたが、わたしの手にはまだ彼女のボストンバッグがある。中に財布や携帯電話も入っているから、誰かに気軽に預けるわけにもいかない。

付き添いの人はここで待てと言われたのだから、待っていて悪いわけではないだろう。

昔は病院で携帯電話を使ってはいけないと言われたが、待合室を見回すと、みんな気にせず使っているようだ。

まずは宅配便の時間変更をして、それから先ほど聞いた病名、「再生不良性貧血」について調べる。

血液が作られなくなっていく病気ということだけはわかったが、原因も重症度も様々だ。投薬で寛解まで持って行けるケースもあれば、骨髄移植をしなければ死に至るケースもあるらしい。

病名だけでは、前に芹さんから直接聞いた「血液の病気」以上のことはほとんどわからなかった。

待てと言われたのだから、検査が終わったら知らせにきてくれるのかと思ったが、その後、延々と待たされた。

やはり「大病院は待たされる」という印象は間違っていなかったらしい。

芹さんが電話してくれるかもしれないと期待したが、よく考えたら、彼女の携帯電話はわたしの手元にある。連絡できるはずはない。

三時間近く待っただろうか。朝ごはんをちゃんと食べてきているのに、お腹がぐうと鳴った。

さすがにもう帰った方がいいのかと思ったとき、先ほど芹さんを連れて行った看護師さんが近づいてきた。

「芹澤さんのお姉さんですか？」

「え？　いいえ」

そう言ったあと、このままではまるで無関係な人間みたいだと気づく。

「隣人というか……同じ職場の人間……みたいなものです」

同じ屋根の下に住んでいても、家族ではないし、同居人というイメージから受けるほど距離も近くない。わたしは芹さんのことをなにも知らない。

「そうですか。芹澤さん、頭の内側の出血はありませんでした。大丈夫です。でも、血液の数値がよくなくて、輸血を行うことになりますので、今日は入院になります。荷物はお持ちですか？」

わたしは頷いた。この場で渡すのかと思ったが、看護師さんは病室を教えてくれた。

入院病棟へと向かう。ナースステーションの横を通ったがみんな忙しそうにしていたから、直接病室に向かう。パジャマにニットの帽子をかぶっている若い女性が、点滴スタンドと一緒に歩いているのとすれ違った。

母の体調が悪かった頃のことを思い出して、胸が痛くなる。

病室は大部屋らしかった。部屋番号の下に「芹澤」という名前があることを確認して中に入ると、男性の声が聞こえた。

「移植をする決心はまだつきませんか?」

「ハイリスクなんでしょう」

芹さんの声だ。わたしは足を止める。

「ハイリスク、ハイリターンです。でも、誰にでも勧める治療ではありません。ただ、芹澤さんは、骨髄移植をお勧めする条件がすべて揃っている。条件が揃わない患者から見ると、うらやましいと思いますよ」

芹さんの返事はない。

「もちろん、大変な治療です。おっしゃったようにリスクも大きいし、なにより本当に苦しいと思います。ですが、移植をしないことにも大きなリスクはあるんです。芹澤さんは輸血に対してアレルギー反応も出てきている」

「わかってます……」

苦しげな声だった。

「もちろん、決めるのは芹澤さんです。でも、やるなら早い方が効果が高いです」

「もう少し考えさせてください」

「わかりました。午後、輸血のときに、またきますね」

カーテンが開いて、三十代くらいの男性医師が出てきた。丸顔で、親しみやすそうな顔をしている。彼はわたしに会釈をして通り過ぎていった。

わたしは少しだけ廊下に出た。芹さんはさっきの会話を聞かれたくなかったかもしれない。彼女はこれまでも、あまり病気の話をしたくないように見えたし、同じ家に住んでいてもわたしはしょせん、他人に過ぎない。なるべく、立ち入らないようにした方がいい。

自分の携帯電話をチェックして、二分ほど待ってから、病室に入る。

「芹さん、どちらですか?」

ベッドはわかっていたが、ドアの近くで呼びかけると、カーテンが少し開いた。

「眞夏さん、ごめんなさい。待っていてくれたんですか?」

「荷物も預かったままでしたし……」

「本当にすみません。預けてくれればよかったのに……といっても、誰に預けていいかわかりませんよね」

目の縁が少し赤い。泣いていたのかもしれない。

「わたしは大丈夫です。本も読めましたし」

携帯電話の中に電子書籍を何冊かダウンロードしていた。今は家族の世話をしていたときよりずっと時間があるから、読書をすることもあるが、こんなに集中して本を読んだのはひさしぶりだ。

「看護師さんに聞きました。大きな問題はなくてよかったですね」

「大騒ぎしてしまって恥ずかしいです。不安のせいか、急に吐き気がするような気がしてしまって……」

「とんでもない。恥ずかしいことなんてないです。楽観的に考えて、思ったよりも大変な事態だった方が大問題ですから、気にせず大騒ぎしてください」

そう言うと、芹さんはようやく笑顔を見せた。

「優しいですね。眞夏さんは」

「普通だと思います」

ずっと誰かのために時間を使うことが当たり前だった。このくらいなんとも思わないし、むしろ自分がいてよかったと思えるのはうれしい。

「明日には帰れると思うんですが、輸血した後は調子が悪くて……交流パーティには出られないかも」

はっとする。明日は土曜日だ。

芹さんがいないと、わたしひとりで交流パーティを仕切ることになる。浅香さんもふうちゃんも、明日は予定があると言っていた。

「もし、眞夏さんの気が進まなければ、中止にしてもらってもかまいません」

「でも、料理はもう発注していますよね」

明日なのだから、砂原の女将さんはもう材料を買って、メニューも決めているだろう。下ごしらえを済ませている料理もあるかもしれない。

なにより、ゲストの中には楽しみにしてくれている人もいる。参加希望者が少ないときもあったが、これまでゼロのときはなかった。明日も、韓国人の若い男性ふたりと、スロベニアからきたカップルが参加することになっている。

わたしは心を決めた。

「大丈夫です。開催しましょう」

盛り上がらなかったら、食事だけして解散ということになるらしいが、それでも砂原の食事はおいしい。損にはならないだろう。

はじめて乗る路線のバスで、風待荘に帰る。

京都のバスはいつも混んでいるが、幸い、座ることができてほっとする。さすがに少し疲れた。ゲストハウスの掃除をすませたら、今日はゆっくりしよう。

先ほど、再生不良性貧血について調べたとき、書かれていたことを思い出す。

骨髄移植を推奨するケース。

四十歳未満であること。兄弟姉妹がいること。

そして重症度が高いこと。

長い一日が終わった。

夕方からゲストハウスの掃除をして、時間変更をした荷物を受け取った。予約のチェックをしたり、ゲストから旅程についての質問を受けて、バス路線を調べたりしているうちに、夜になっていた。

もう夕食を作る気にもなれない。デリバリーでも頼もうかと、アプリを立ち上げた。

座布団を枕にして談話室のこたつに寝転がり、携帯電話の画面を眺める。たぶん、半年前のわたしがこんなわたしをみたら、びっくりするだろう。

もちろん、当時も疲れてソファに横になることはあった。

でも、自分のためだけにデリバリーを取るなんて考えたこともなかった。食事を用意するのはだいたい誰かのためで、ひとりでの食事は誰かのために作った余り物で用意する。

ピザでもいいし、たまには宅配寿司《ずし》を頼んでもいい。同じ屋根の下に住む人はいても、誰も咎《とが》める人はいない。

そう考えていると、ふうちゃんが談話室に入ってきた。

「眞夏さん、お疲れさまです」

わたしは上半身を起こして、座り直した。

「芹さん、今日、一日入院するようです。明日には帰れるって言っていましたけど……」

「え、そうなんですね。心配ですね」

波由がいないと、先回りして情報を仲介してくれる人間がいない。なるべく同居人として、情報は共有した方がいい。

「わたし、病院に一緒に行って、検査が終わってから芹さんに会ってきましたけど、大きな問題はなかったようです」

「よかったです。芹さんは眞夏さんを頼りにしているんですね」

そう言われて戸惑う。

「たまたまわたしが家にいただけです。おせっかいだからついて行っちゃった」

「でも、芹さんは心強かったと思いますよ」

そうだろうか。もし、そうならよかったと思うが、本当のことは芹さんしかわからない。

ちょうど気になっていたことを尋ねてみる。

「ふうちゃん、冬休みはアイスランドに帰るんですか?」

「来年の二月で修士課程を修了してアイスランドに帰るので、冬休みには帰りません。その代わり、家族が日本にきます。夫と息子が。ふたりともとても楽しみにしています」

「わあ、よかったですね」

「ちょうど波由さんの部屋が空いたままなので、二週間、使わせてもらえるように、芹さんに頼んだんです。京都の冬をふたりに体験してもらいます」

ふうちゃんは含み笑いをしながらそう言った。たしか、以前、京都の冬はアイスランドの冬より寒いと言っていた。

アイスランドの冬を知らないわたしにとっては、信じられない言葉だが、それだけ京都が寒いのだろう。

佐那のために部屋を貸してもらおうと思ってたが、難しくなってしまった。念のためゲストハウスのキャンセル待ちをして、他のホテルも探しておくしかない。

明日の交流会のことをふうちゃんに話す。わたしが不安に思っていることを察してくれたのか、遅れるが、後から参加すると言ってくれた。

明日は参加者がそれほど多くないし、食事に制限がないこともわかっている。砂原のケータリングの他に、また唐揚げとおむすびを作るつもりだったが、量はそんなに必要ないだろう。

ふうちゃんも夕食の予定が決まっていないというから、ふたりでデリバリーのピザを頼んで食べた。

ふうちゃんは自分の研究している「源氏物語」の話をしてくれたが、わたしには知らないことばかりだった。それでも、若紫《わかむらさき》の話などは、古文の教科書で読んだので覚えている。末摘花《すえつむはな》とか、夕顔《ゆうがお》などという女性の名前も、どこかで聞いたことがある。

現代語訳の読みやすいものもあるというから、いつか読んでみたいような気持ちになった。

「わたしにとって、京都に住むことは、千年前の物語の世界に時間旅行することなんです」

ふうちゃんはそんなことを言った。

わたしにとっての京都も、いつか見つけることができるのだろうか。


銭湯から帰ってきて、携帯電話をチェックすると、また佐那からのメッセージが入っていた。

「ごめん。冬休み、京都に行けなくなっちゃった。お父さんがダメだって」

わたしは息を呑《の》んだ。どうして邦義がそれを制止するのだろう。すぐに返信する。

「なんで？　別にお父さんがダメだって言っても、きてもいいんだよ。お母さんに会うのは佐那の権利なんだから」

「でも、お父さんと喧嘩《けんか》したくないんだよ。わかってよ」

そう聞いてしまうと、それ以上のことは言えない。邦義と揉《も》めて、嫌な気分をするのは佐那なのだ。わたしはもう一緒に住んでいないから、彼女をかばってやれない。

「推し活で関西《かんさい》に行く友達と一緒に旅行するつもりでいて、行ってもいいと言われてたんだけど、友達と行くのはいいけど、京都でママと会うのはダメだって。ごめんね」

涙があふれる。会えると思ってあれほどうれしかったのに、谷底に突き落とされた気分だった。なにより、邦義がそれを禁止するなら、わたしはいつ佐那に会えるのだろう。

「お父さんね。わたしがお母さんと会うと、自分の悪口言われると思ってるみたい。わたしが、お母さんはそんなこと言わないよって言っても、信じてくれない」

ぴんときた。

「じゃあ、お父さんはわたしの悪口言ってるの？」

「言ってない。言いたいみたいだけど、初音《はつね》さんが『そんなの聞きたくない』って言ってくれるから聞かないですんでる。わたしも聞きたくないし」

初音さんというのは、邦義の新しいパートナーだ。佐那のメッセージではじめて名前を見た。

わたしだって、邦義への文句は言いたい。一晩中でも話せると思う。

だが、佐那の父親であることは確かだから、佐那の前では言わないようにしているのだ。

「わかった。でも、いつでも待ってるからね」

「うん、ごめんね」

猫が土下座している可愛いスタンプが送られてくる。これで会話は終了の合図だ。

哀しみがこみ上げて、わたしは床にしゃがみ込んだ。

声を上げて泣いたのは、いつぶりのことだろう。子離れができていないみたいで情けない。

だがどうしようもなく悲しかったのだ。

9

波由から電話があったのは十一月の終わりだった。

「眞夏さん、わたしの部屋、もう誰か入ってる?」

一ヶ月くらい会ってないのに、近況報告もなくいきなり本題から入ってくるところが彼女らしい。

「入ってないよー。クリスマス休暇にふうちゃんの家族が滞在するから、そのときまでは空けておくみたい」

「えー、じゃあ日割りで家賃払って帰ってもいいかなあ。稽古場《けいこば》でのお稽古が終わってから、舞台稽古に入るまでに二日間、休みがあるんだよね。ひとりで東京のマンスリーマンションにいてもつまんないからさあ」

「大丈夫だとは思うけど、一応、芹さんに聞いてよ」

風待荘のオーナーは芹さんだ。近況は教えることができても、泊まっていいかどうかはわたしには決められない。

「わかった。聞いてみる。ありがとね。眞夏さんは元気にしてる？」

「元気だよ。寒くてびっくりするけど」

そう、寒い。全身が強《こわ》ばるほど寒い。

アウトドアショップで、あたたかいインナーを買い込んでしまったほどだ。浅香さんとふうちゃんのアドバイスに従って、あたたかいタイツと靴下も買った。

ふうちゃんは自信たっぷりにこう言った。

「この世に寒すぎる日などないのです。あるなら適切な服装をしていないだけです」

古い町屋の作りが、寒さを防ぐようにできていないことも大きいが、なにより京都が寒いのだ。

しんしんと冷えるというのだろうか。ダウンコートを着ていてさえ、寒さが骨身に応《こた》える。防寒インナーを着て、部屋では綿入れの半纏《はんてん》を着ることでしのいでいるが、一月を思うと、気が重い。

それでも、どこかでこの寒さに心が洗われているような気がするのはなぜだろう。寒さがわたしを救ってくれるような気持ちにすらなる。

札幌の冬が好きだったが、それとはまた違う。

札幌では室内は暖かかった。その代わり、マンションに住んでいてさえ、エントランスのまわりや駐車場の雪かきは必要で、自然の厳しさを感じた。京都では、雪かきは必要ないが、その代わり、室内にも冷気が充満している。

自室には、エアコンがあるし、電気ストーブと電気毛布も買ったが、談話室のこたつの心地よさは格別で、時間のあるときは、ほとんど談話室で過ごしてしまう。それは浅香さんやふうちゃん、芹さんも同じらしい。

四人でどうでもいいことを話したり、もしくはなにも喋《しゃべ》らずに、こたつで過ごす。誰かがなにも言わずに出て行っても、だれも気にしないし、誰に気を遣うこともない。

もしかすると、この時間が冬を心地よくさせているのかもしれない。

「波由は？　お稽古大変だった？」

「大変だったよー。みんなプロフェッショナルで、わたしなんかなにもできてないって思い知らされてばかりだった。多少は根拠のない自信を持ってたけど、鼻をへし折られちゃった」

「でも、そのプロフェッショナルな人たちと、同じ舞台に立てるんでしょ。波由はすごいよ」

「ありがとう。頑張る」

積もる話はあるが、彼女も忙しそうなので、あまり長引かせないように電話を切る。

電話を切った後、急に寂しさが押し寄せる。波由と電話のやりとりをしたり、メッセージの交換をしたりすると、いつも佐那のことを思い出す。

あれから、何度もメッセージを送ったが、いつもひとことか、ふたことくらいの、そっけない返事がくるだけだ。

彼女も忙しいのだと、自分には言い聞かせているのに、心にかかった霧は晴れない。邦義がわたしに会わせないようにしたことも腹が立つし、佐那がそれに素直に従ったことも悲しい。

中学生のときだったか、友達とふたりで繁華街に行くと佐那が言い、わたしが止めて、大喧《おおげん》嘩《か》になったことがあった。あのとき、彼女は泣いてまで、わたしの制止に抗議した。邦義は佐那にいい顔をして、最終的にわたしが折れるしかなかった。

あのときみたいに、邦義に反抗してくれないのだろうか。友達と繁華街に行くことよりも、わたしと会うことは重要ではないのだろうか。

そう考えると、胸が痛い。昔は保育園に行くことすら拒んで、ママと一緒がいいと言ってくれたのに、三ヶ月近く会っていなくても、会いたいと思ってはくれないのだろうか。

わかっている。自分だって、大人になってから、母親にそんなに甘えたわけではない。それでも理不尽だと思う気持ちはなかなか拭《ぬぐ》い去れない。

わたしはためいきをついて、佐那のことを頭から追い出した。

ずっと彼女のことばかり考えて生きてきた。佐那が独り立ちするのも、もう少し先だとばかり思っていたのだ。受け入れられないことも仕方ないのではないか。

掃除を済ませて、帳簿を付け、備品の発注を終えて、スマートフォンを見ると、波由からメッセージが入っていた。

「姉さんが泊まっていいって！　来週の火曜日一泊だけ帰るね」

わたしは、猫が、「了解！」と言っているスタンプを送った。


シェアハウスに戻ると、談話室で芹さんが、ノートパソコンを開いていた。通り過ぎようとすると、彼女が顔を上げた。

「眞夏さん、今日、少し空いている時間はありませんか」

今日は特に予定はない。家族も友達もいないから、たいていは暇だ。映画を観に行ったり、観光地を訪れてみたりはしているが、今日は特になにもするつもりはなかった。

「ええと、午後七時くらいにゲストがくる予定ですが、それ以外は」

「あ、そうでしたね。じゃあ、夜じゃない方がいいかな。お昼になにか食べにでませんか？」

「外の方がいいんですか？」

そう尋ねると芹さんは頷《うなず》いた。

浅香さんは今は東京だし、帰ってくる可能性があるのはふうちゃんだけだが、彼女に聞かれたくない話なのだろうか。

戸惑っていると、芹さんはわたしの考えたことを察したようだった。

「特になにかあるわけじゃないけれど、ちょっと落ち着いて話したいんです」

確かにここだと、隣のゲストハウスから気軽に声をかけられたりする。

「わかりました。お昼、大丈夫です」

「じゃ、一時くらいから行きましょう。洋食とかいかがですか？」

「いいですね」

部屋に戻って、自分の洗濯物を持ち出し、共用スペースにある洗濯機で洗濯をする。

仕事の頼み事なら、今ここで言えばいいわけだし、改まって話とはいったいなんだろう。

出て行ってほしいと言われるのではないだろうかと思うと、胸がきゅっと痛んだ。だが、ありえないことではないし、それなら外の方が話しやすいのもわかる。

半年くらいという約束で、二ヶ月が過ぎた。さすがに今すぐここから出て行けというほど、無慈悲な人だとは思わないが、先のことも少しずつ考えた方がいいかもしれない。

東京に戻るか、それともこのまま京都に滞在するか。

ここに来るまでは、半年後に約束の期限がきても、京都に留《とど》まるつもりはまったくなかった。だが、今は、ここで次の仕事を探してもいいと思っている。

今は、家賃は払っていないが、きちんと家賃を払って、風待荘に住むことはできないだろうか。

洗い終わった洗濯物を、中庭に干す。美しく整えられた坪庭とは別に、外から見えない物干しスペースもあるから、気兼ねなく洗濯物が干せる。浅香さんやふうちゃんは乾燥機を使っているが、わたしはやはり、外に干したいと思ってしまう。古い人間なのだろうか。

まだそこまで老いたとは思っていない。だが、どう考えてもこれからできることは限られていて、時間は少しずつ目減りしていく。

未来のことを考えると、息が詰まる気がした。

芹さんから送られたメッセージのことを考える。今のわたしはたしかに、いろんなことを先延ばしにして、たゆたっている。

もう少しこうしていたいが、それでも先のことは考えなければならない。

洗濯物をすべて干しても、約束の一時には、まだ時間がある。わたしはぼんやりと、立ちすくんだまま、庭を眺めた。


芹さんが案内してくれたのは、シェアハウスから十分くらい歩いたところにある洋食屋だった。

はじめてくるレストランだが、テラス席まで混雑している。芹さんが名前を言うと、奥の席に案内された。予約をしていたようだった。

オムライス、海老《えび》フライ定食、ハンバーグ定食。目玉焼きののったハンバーグにも惹《ひ》かれるが、ビフカツを注文することにする。

ビーフカツレツという料理は知っていたし、たぶん食べたこともあるはずだ。だが、京都では、このビフカツが、とても愛されているようだった。

おいしい店のものは中身がレアで、ソースととても合う。何度か食べて大好きになってしまった。

芹さんは、蟹《かに》クリームコロッケの定食を頼んでいた。それもおいしそうだ。

「京都の冬、いかがですか？」

メニューを眺めていると、芹さんにそう聞かれた。

「寒いです。でも、芹さんが好きだという気持ちもわからなくないです」

背筋がぴんと伸びて、空気が澄んでいる。

そう言うと、彼女は柔らかく微笑んだ。

「それはよかったです。夏も冬も厳しくて、人は多いけど、でも、わたしはここが好きです」

「いいところだから、人が多いんですよ」

魅力的な土地だから、人が集まる。だが、その分、家賃や土地の値段は跳ね上がり、昔からそこに住んでいる人が住み続けられなくなる。よく耳に入ってくる話だ。

わたしが気軽に「京都が好き」と言っていられるのも、仮住まいの身だからかもしれない。

芹さんは、兵庫の出身だと言っていた。大阪と神戸《こうべ》の間にある、山が近い町に生まれ育って、昔からよく京都に遊びにきていたのだと。

「ＪＲだったらそのままこられるし、阪急電車でも一回乗り換えたら、京都までこられますからね」

地元の話になったとき、彼女はそう言った。だったら、一度、神戸の方に遊びに行ってもいいのかもしれない。

大津《おおつ》には一度だけ行った。京都から思った以上に近くて、歩いて琵琶《びわ》湖のほとりまで出ることができた。風が心地よくて、ここに住むのも悪くないと思ったのを覚えている。

ビフカツはとてもおいしかった。分厚いビフカツも食べたことがあるが、ここのは薄いのに火の通りが絶妙で、柔らかかった。だが、宙ぶらりんになったような気持ちが、どうしても抜けない。

話があると言われて、その話を引き延ばされるのは苦手だ。せめて簡単な内容だけでも教えてくれたらとも思うが、食事がおいしくなくなるような話なのかもしれない。

料理を食べ終え、食後のコーヒーが運ばれてくると、芹さんは言った。

「眞夏さん、この先のこと、決めてますか？」

どきりとした。首を横に振る。

「いいえ、まだ……」

「よかった」

芹さんは大げさなほど、大きく息を吐いた。

「わたし、骨髄移植を考えてみようかと思っています。先生に早い方がいいと言われましたし。

もちろん、マッチするドナーが見つかるかどうかはまだわからないのですが」

「そうなんですね。応援します」

どうやら思っていた方向とは違うかもしれない。

「でも、骨髄移植をするとなると、少なくとも一年は仕事には復帰できないでしょうし、それ以降もフルに働けるようになるのには、時間がかかると思います。もし、眞夏さんさえよろしければ、雇用という形でゲストハウスの仕事を完全にやってもらえないでしょうか。今みたいな形ではなく、社労士さんに入ってもらって、ちゃんと契約書も作成しますし、今よりもきちんとしたお給料は払えると思います。もちろんシェアハウスにはこの先も住んでいただいてかまいません」

「一年くらいですか?」

「一応、無期限で……、わたしがいつ復帰できるかわかりませんし」

出て行くように言われるのではないかとびくびくしていたが、考えていたより長くいることになるとは思わなかった。

それはそれで、戸惑いがないわけではない。風待荘は居心地がいい。だが、次の道を見つけるならば早い方がいいはずだ。ただでさえ、若いとは言えない。どんどん働く場所は限られてくるだろう。

だが、芹さんが難病と闘うなら、できるだけサポートはしたい。それに雇用になるなら、職歴として履歴書に書ける。

わたしはなるべく明るく言った。

「じゃあ、来年の夏も京都にいることになりそうですね」

芹さんは、少しほっとしたような顔になった。

「蒸し蒸しと暑くて、うんざりするけれど、春から夏にかけては、葵祭《あおいまつり》、祇園祭、五山送り火と、京都らしい行事がたくさんありますよ」

そしてその分、ゲストハウスは盛況になるだろう。

わたしは頷いた。

「わかりました。働かせてください」

「ああ、よかった……心強いです」

芹さんは笑顔になって、胸をなで下ろした。

どうせ、どこにも居場所なんてない。ならば必要としてくれる人のところにいたかった。

芹さんはすぐに真剣な顔になった。

「それと、もうひとつ、お願いなんですけど」

「なんですか?」

「遺言状にお名前を書かせていただいてもよろしいでしょうか」

しばらくなにを言われたのかわからなかった。

ユイゴンジョウというのが、遺言状だと理解するのに、何秒かかっただろう。わたしはぽかんと、芹さんの顔を見つめていた。

「だ、ダメです……そんなこと……言わないでください」

遺言状というからには、芹さんが万に一つ、亡くなったときの後始末の話だ。もしかすると、それが芹さんにとってどうしても必要なことなのかもしれないが、簡単に頷ける話ではない。

テーブルの上のグラスの水を飲み干し、わたしは気持ちを落ち着かせた。

「お願いします。今、頼れるのは眞夏さんしかいないんです」

「波由や、浅香さんは?」

「波由にもお願いはして、承諾は得ています。浅香さんは京都にずっといる人じゃないから……」

京都の大学で教えていると言っていたが、もし他の大学で働くことになったら、京都からは離れてしまうだろう。

波由も承諾していると聞いて、少し気持ちが楽になった。

「名前を載せるって、どういう内容で……」

「もし、わたしになにかあったらゲストハウスを引き継いでほしいんです」

「それはゲストハウスを管理する……という？」

「それもありますが、相続してほしいんです」

思ったより大きな話で、頭がくらくらする。「もし、なにかあったら」という仮定の話だとしても、簡単には引き受けられない。

先ほど、「万に一つ」という言葉が頭をよぎった。だが、知識が少なくても想像はできる。芹さんが治療で命を落とす確率は、間違いなく、「万に一つ」よりも高いだろう。

「ごめんなさい。あまりにも荷の重い話で、ちょっとお受けできそうにないです」

考えさせてくださいとも言えない。

芹さんは唇を噛《か》みしめた。

「失礼なことを言いますけど、眞夏さんにも損な話じゃないと思うんです。ローンはありますけれど、わたしが死んだら、生命保険で補塡《ほてん》してもらうように弁護士さんにお願いしてありますから、ローンの残りは少なくなります。保険をかけたときは、まだ今の病気を発症していませんでしたし。今くらいの稼働率なら残ったローンを払っても、かなり余裕はあると思います」

そういう問題ではないと言いたいが、たぶん、芹さんにもそれはわかっているだろう。

「波由には、シェアハウスの方を相続してほしいとお願いしました」

「彼女はＯＫしたんですか？」

「してくれました」

波由ならば、そう言うかもしれない。あまり重荷だとも思わないのだろう。だが、わたしには難しい。

ふと気づいて尋ねた。

「芹さん、ご家族は？　ご両親とか、ご兄弟とか」

「両親と、妹がいます」

だったら、よけいに相続などできない。揉《も》め事の原因になる。

「だったら……」

わたしの言葉を遮るように、芹さんは言った。

「絶対に、両親と妹には渡したくないんです。風待荘は、わたしだけの砦《とりで》だから」

家族との間になにかあったのか。だが、それでも赤の他人が相続して揉めないはずはない。

「たとえ遺言状に名前を書いて、ご家族に相続させないことにしても、ご両親は自分の遺留分を請求することができますよね。たしか財産の三分の一でしたっけ」

「よくご存じですね」

母が亡くなったとき、相続については調べた。もし、芹さんの遺産が風待荘のふたつの町屋だけならば、彼女の両親がそれを要求したときには、どちらかの建物を売るしかなくなる。わたしと波由とでひとつずつ建物を相続したら、よけいにややこしいことになるだろう。もし、波由が両方相続するなら、シェアハウスか、ゲストハウスのどちらかを売ることができる。

だが、ふたつ並んだ町屋の片方が売られて、壊されたりしてしまえば、今の風待荘ではなくなってしまう。

「それは心配しなくて大丈夫です」

芹さんは自信たっぷりに言った。ご両親は豊かで、そんなことをする人ではないのだろうか。

「波由にわたしの養子になってもらうことにしました。彼女も了承済みです。そうなると、第一順位相続人は彼女になって、うちの家族に相続する権利はなくなります」

わたしは小さく口を開けた。

「そして波由がシェアハウスを相続したら、それはわたしの資産の半分だから、法定相続分はクリアしています。彼女がもし、もっと欲しいと思っても――もちろん、彼女はそんな子じゃないけれど――ゲストハウスまでは要求することができません。揉めることはないと思います」

すらすらと答える芹さんを見て、気づく。彼女は単なる思いつきで、こんなことを口にしているわけではない。たぶん、ずっと考えてきたのだろう。

「波由を養子にするなら、両方とも彼女が相続した方がいいのでは？」

「ひとりだと、気が重いそうです。それに彼女には夢があるから、ゲストハウスの管理までしてもらうことは難しい。仕事は増えるけれど、ゲストハウスにした方が、収益率は高いんです。

でも、シェアハウスだと彼女自身は京都にいなくても、管理を不動産管理会社にまかせることができます」

わたしならば、この先、違うことをする予定もないから、ゲストハウスとして稼働させることができる。

「今は、二棟をシェアハウスにしてしまえば、ローン完済までの道のりが遠くなりますが、わたしの生命保険で補塡した後なら、それでも充分回ると思います。もし、眞夏さんがこの先京都を離れるとか、体調を崩して働けないなどということになったら、シェアハウスにするか、そのまま別の人に貸し出すか……そういうことはおまかせします」

もっと問い詰めたい気持ちはあるが、それらすべてが、芹さんが死んだら、という仮定の話になる。そう考えると、これ以上は難しかった。

「なるべく、ご迷惑をおかけしないように、治療を頑張ります。『考えすぎだったね』と言われるようにします。でも……なんの準備もなく、治療に挑むことは難しいです」

彼女の声には切実さが滲《にじ》んでいた。わたしになるべく迷惑をかけないように、計画してきたこともわかる。だが、簡単に引き受けられるような話でもない。

それでも、芹さんが治療に踏み切るために、それが必要なのだということも、なんとなく想像がついた。だから、完全に拒絶するのは難しい。

「もし、他に引き受けてくれる人がいるなら、その人に頼んでいただければありがたいんですた。

けれど……」

「いろいろ考えてみました。でも、眞夏さんにお願いしたいんです」

彼女はきっぱりとそう言った。

ずっと考えて考えて、ようやく辿《たど》り着いた結論なのかもしれない。わたしは小さな声で言った。

「すみません。少し考えさせてください」

風待荘に帰ると、わたしは自分の部屋に戻った。まだ、チェックインのゲストが到着するまで時間はある。談話室で、芹さんと顔を合わせるのが気まずいという理由もある。

寝転んだまま、佐那にメッセージを送った。

「お母さん、このまま京都にいることになるかも……」

珍しく、すぐに佐那から返事が来た。

「えっ、彼氏でもできた？」

思わず笑ってしまった。

「できてない。そんな需要はない」

「大丈夫だよー。お母さん、まだ全然若くて、可愛いよ」

一緒に暮らしているときにそんなことを言われたことはない。距離があるから出てくる言葉かもしれない。

「そうじゃなくて、今働いているゲストハウスで、期限なしで働いてほしいって言われたの」

「京都、今、観光客がすごいって聞くもんね。よかったね」

「佐那に会えなくて寂しい」

ずっと我慢していた言葉が漏れた。タップが止められなかった。

「うん、わたしも」

返ってきたメッセージに涙があふれた。わたしの寂しいと、佐那の寂しいには間違いなく温度差がある。わたしの寂しいが沸騰した熱湯なら、佐那のはぬるま湯くらいだろう。それでも、ぬるま湯の温度でも寂しいと言ってくれるのは、うれしかった。

「ちゃんと働きはじめたら、東京にも行けないかも。休みの期間は忙しい仕事だし」

芹さんが入院してしまえば、ほぼひとりで業務をすることになるだろう。風邪も引いていられない。

「会いに行くよ。お父さんもちゃんと説得するし」

いつになるのだろう。春休みか、それとも次の夏休みか。

「待ってる」

その次に送られてきたのは、「頑張ってね」と話している、犬のスタンプだ。これで会話は終了。それでもわたしは、今日やりとりしたメッセージを何度も読み返す。

しばらくそうした後、わたしは身体を起こして、検索サイトを開いた。検索窓に単語を打ち込む。

骨髄移植　生存率

検索して出てきた数字を見て息を呑《の》む。

もちろん、病状やいろんな条件によって違うだろう。だが、そこには50パーセントから60パーセントと書かれていた。

火曜日の昼、談話室で自分で作ったカレーうどんを食べていると、波由の声がした。

「ただいまあー！」

一気に家全体が明るくなるのを感じる。

「眞夏さん、ひさしぶりー！　あ、カレーうどんだ。おいしそう」

髪がピンクではなく、金髪になっている。舞台の都合だろうか。

「お帰り。昼に帰ってくると知ってたら、二人前作ったのに」

「連絡すればよかった！　デリバリー頼もうかな」

リュックを下ろして、コートのままこたつに入る。ずっと、風待荘にいたみたいな顔をして、スマートフォンを弄《いじ》っている。たぶん、なにかを注文するのだろう。

「ピザ頼んだ。芹姉さんは？」

「今日は病院。浅香さんと、ふうちゃんは学校。みんな夜には帰ってくるって。浅香さんには東京でも会ったんでしょ」

「うん、二回ごはん食べた。でも、風待荘にいたら、毎週顔を合わせてるけど、別々に住んでたら、予定合わせるのもなかなか難しいなーって思った」

それはそうだ。一ヶ月で二回食事する人は、かなり仲がいい部類だと思う。友達でも、三ヶ月や半年会えないなんて、ごく普通のことだ。

芹さんが帰ってくる前に、波由に聞きたいことがある。

「波由、芹さんの養子になるって聞いたけど……」

「うん、それ聞いたってことは、眞夏さんも遺言状のこと、ＯＫしたの？」

「わたしはまだ……だって、簡単に決められないよ」

将来のこともあるし、なにより、芹さんの家族と揉める可能性もある。

「養子になるっていっても、別に今の両親との関係が切れるわけじゃないし、それにたぶん、大丈夫だよ」

「大丈夫？」

「姉さん。絶対元気になって戻ってくるって」

そう言い切れたら、どんなにいいだろう。

「波由は、芹さんとご家族の事情知ってるの？」

絶対に家族に風待荘を渡したくないと言うからには、関係がいいはずはない。

「よくないってことだけは知ってる。一回、妹さんが訪ねてきたことがあるけど、姉さんは会わなかった。妹さん自体は、感じがいい人だったけどさ……」

訪ねてきたのに会わないというのは相当だ。芹さんは、誰にでも人当たりがよく、意固地になるところは見たことがない。

「でもさー、妹さん、ちょっと既視感があるというか」

「既視感？」

「わたしに似てた」

「波由に？」

波由はこくりと頷いた。

「前、眞夏さんの部屋に住んでいた人がいてね。その人が言ったの。わたしに似てるって。わたしも、なんかちょっと自分っぽいなと思った」

つまり、明るくて人懐っこいタイプなのだろう。

「でも、芹さんは、波由のことを可愛がってるよね」

「わたしもそう思うー。もし、妹さんのことが大嫌いだったら、ちょっとわたしにもイラッとしそうだと思うんだけど」

もしくは、表面は似ていても、根本的に違うという可能性はあるし、妹との関係が決裂したからこそ、波由には優しくしたいという気持ちもあるだろう。

「眞夏さんは、娘さんと会えた？」

波由に尋ねられて、わたしは首を横に振った。

「全然。一月に会いにくるかもという話になったけど、結局父親に禁止されて、無理だって」

「えー、わたしなら、父親の言うことなんて聞かないけど、いい子なんだね」

「うーん、そうでもないと思うけど……わたしにはわがままだったし」

反抗もそれなりにしていたし、それほどお利口さんないい子というわけではないと思う。

「新しいお母さんがいるんだっけ」

「うん、そう」

「だったら、家族の空気を悪くしないように、気を遣っているのかも。眞夏さんだから、わがままは言えても、新しいお母さんの前では言いにくいのかも」

はっとした。そんなことは考えたことがなかったけれど、確かに可能性はある。

「わたしも一月末に、舞台の仕事が終わるし、そうなったら、二、三日ゲストハウスの仕事を代わってあげることもできるから、眞夏さんが会いに行っちゃえば」

「ありがとう」

波由はとても優しい。だが、どうしても自分から会いに行きたくない気持ちがあるのはなぜだろう。どちらにせよ、一月末までは、まだ二ヶ月近くある。考える時間はたくさんある。

波由は一泊だけして、風のように帰って行ってしまった。

彼女がいなくなると、風待荘が少し静かになる。ふうちゃんも、浅香さんも感じはいいが、波由のような人懐っこさは持っていない。大人の距離の取り方をわきまえている。

もちろん、同じ屋根の下に住むならば、そういう人が多い方が助かる。全員が騒がしいタイプなら、わたしなど音をあげてしまうだろう。

なのに、今、わたしは波由の遠慮のなさを、とても好ましく思っている。だから気づいた。

わたしは今、少し寂しいのだ、と。

10

十二月になると、ゲストハウスが少し暇になった。

もともと、一週間以上の滞在しか受け付けていないし、五部屋しかない小さなゲストハウスだから、繁忙期といっても、地獄のように忙しくなるようなことはない。それでも、観光シーズンが終わりを告げたのだということは、ぼんやり体感できた。

十一月は、前のゲストがチェックアウトすると、すぐに次のゲストがやってきたが、今は、二、三日、部屋が空いていることも多い。

家族旅行ではなく、ひとりかふたりで訪れるゲストが多いし、常連客の場合もある。オフシーズンに旅をするのは、本当に旅が好きな人たちなのかもしれない。

あきらかに十一月よりも寒いが、わたし自身が寒くて死にそうだと感じることは減った。寒さとのつきあい方に慣れたのかもしれない。

寝る前に湯たんぽを入れて、布団をほかほかにしてから寝る。外に出るときは、ダウンコートと内側にボアが張られたブーツ。

暖かい下着を身につけて、家では背中に綿の入った半纏《はんてん》を着る。夜は銭湯で、身体の芯《しん》まで温まる。

じっくり温まった後は、夜風に吹かれても少しも寒いと感じない。そのぬくもりが残っているまま、布団にもぐり込むとぐっすり眠れる。

もうずっとこんなふうに寒かったような気がする。京都にやってきたばかりの時は、薄い上着一枚だけでよかったことが信じられない。

そして、何ヶ月か後には、春がくることも。

今の生活が身体に馴染《なじ》んでくるに従って、家族と暮らしてきた日々のことも少しずつ忘れはじめているような気がする。

佐那のことは愛しているし、今会えないことも寂しい。彼女の存在がわたしの中から消えてしまうことなどないだろう。それなのに、間違いなくなにかが変わってきている。

離れていても、彼女は大丈夫だし、元気にやっている。そう思えることの方が増えているのだ。

相続のことは、まだ芹さんに返事をしていない。返事を急《せ》かされたら「決められないので」と断ろうかと思ったが、彼女はあれからなにも言わないままだ。

彼女は今、マッチするドナーが現れるのを待っている状態だという。

一度浅香さんが聞いた。

「もし、合う人が見つからなかったら、移植はできないの？」

どきりとした。芹さんに妹がいるなら、妹と型がマッチする確率が高いはずだ。

「今は、完全にマッチしていなくても骨髄移植はできますし、それだと確率はそんなに低くないんです。臍帯血《さいたいけつ》移植という方法もあるから、そこは心配しなくても大丈夫らしいです」

芹さんの答えを聞いて、ほっとする。

芹さんは、両親や妹と折り合いが悪いと聞いているし、わたしにゲストハウスを相続してほしいのも、家族に相続させたくないからだと言っていた。だとすれば、生きるために、嫌いな人たちの力を借りなければならないのはつらいはずだ。避けられるなら、それに越したことはない。

繁華街に出ると、クリスマスイルミネーションが輝き始め、近所のベーカリーや、ケーキ屋さんでもクリスマスソングを耳にするようになった。

そんな十二月の半ばだった。

その日は金曜日で、翌日の交流パーティのための買い物に、芹さんと一緒に出かけた。

わたしも商店街や近くの店では、顔を覚えられることが増えたが、芹さんと行くと、近所の人の対応がまったく違う。

長話をしたり、少しおまけしてくれたり、近所で起きたニュースを教えてもらったり。まるで、わたしもこの町に長く住んでいるような気持ちになる。

芹さんも、生まれたときから京都に住んでいるわけではない。風待荘をはじめて、六年ほどだと、以前聞いた。それでもその間、この地域にしっかりと関わってきたのだろうと思う。

今のところ、よく言われるように京都の人が冷たいと感じたことはない。前、そう言うと、芹さんはくすくすと笑った。

「迷惑をかけたりしたら、やんわり嫌味は言われますけどね。でもなにも言われないよりいいと思います」

それはたしかにそうだ。

都会らしい無関心や適度な距離がある一方で、住んでいる土地に対する強い愛着も感じるし、近所の人とのつながりも強い。

古都であり、都会であり、また多くの人に愛される場所だからかもしれない。

帰り道、芹さんが言った。

「ちょっと休憩しましょうか」

肉や魚も買ったから、早く帰りたいと思ったが、もしかしたら芹さんは少し疲れたのかもしれない。わたしは頷《うなず》いて、近所にあるコーヒーショップに寄ることにした。

小さな店だが、自家焙煎《ばいせん》のコーヒーがおいしく、風待荘でもここのコーヒー豆を買っている。自分で淹《い》れるよりも、マスターに淹れてもらう方が数倍おいしい。

コーヒーを一口飲むと、芹さんが言った。

「昨日、ドナーが見つかったという連絡がきました。たぶん、年明けから入院することになると思います」

わたしは息を呑《の》んだ。

「よかったです」

おめでとうと言っていいのかわからない。この先、芹さんが苛《か》酷《こく》な治療に臨むのだということは、知識のないわたしでもわかる。

その過程で、もしかしたら命を落とすかもしれない。だが、医師が勧めるということは、治療をしなければ、もっと悪くなっていくということだ。少なくとも、ドナーが見つかったというのはいいことだろう。

「だから、一月からゲストハウスの業務を眞夏さんひとりにお願いすることになってしまうんですよね。一月末には波由も帰ってくるけど、彼女だって別の仕事が入るかもしれないし……」

今ぐらいの業務ならできないわけではないと思う。だが、完全な休日がまったくないというのも、少し気が重い。

「アルバイトを募集しようと思っているんですけど、週一、二回くらい池島さんにきていただくことってできないでしょうか」

千景には、ガイドや通訳として、何度もきてもらっていて、すっかり芹さんとも顔馴染みだ。

「一度聞いてみますね」

「お願いします。あと、それと相続のことも」

わたしははっとして、背筋を伸ばした。

「今すぐにとは言いません。来年、わたしが入院するまでに考えておいてください」

「わかりました」

正直、まだ決めかねている。その重さを引き受ける勇気などない。それでも、これから苦しい闘病生活をする彼女を失望させたくないと思ってしまう。

コーヒーを飲み終わると、芹さんは腰を上げた。わたしも荷物を持って一緒に店を出る。

歩きながら、芹さんが言った。

「わたしが入院したら、まとまった休みを取ってもらうことも難しくなりますし、十二月中に取ってくださっても大丈夫ですよ」

わたしは首を横に振った。

「いえ、今は大丈夫です」

まだ京都の有名な観光地をすべて見たわけではない。十一月はあまりに人が多いようだったから金閣寺にも行っていない。

ここで生活していること自体が、長い旅をしているように思えて、あまりどこかに行きたいとも思えない。

東京まで行けば、佐那に会うことはできるだろうが、それもあまり気が進まない。彼女がわたしに会いたいと思ってくれるなら、すっ飛んでいくが、どうやらそんな感じでもないらしい。

寂しいとは思うが、彼女がつらい日々を送っていないなら、その方がいい。

風待荘の近くまで帰ってきたときだった。

路地を覗《のぞ》くように、女性がひとり立っていた。今日はゲストがチェックインする日ではないし、今滞在しているゲストには、こんな人はいない。

背がすらりと高く、背筋が伸びている。顔をはっきり見なくても醸し出す雰囲気が美しい人だと感じる。

芹さんが足を止めた。彼女はひどく険しい顔をしていた。

「すみません。用事を思い出したから、先に帰っててもらえますか？」

芹さんはそう言ってきびすを返そうとした。だが、それより先に、女性がこちらを見た。

「美散《みちる》！」

彼女がそう声を上げた。芹さんの名前だった。芹さんが歩き出すより早く、彼女が駆けよって、芹さんの腕をつかんだ。

「どうして逃げるの！　ねえ、再生不良性貧血ってどういうこと！」

「櫻子《さくらこ》には関係ない。腕をつかまないで」

「関係ないわけないでしょ！　きょうだいなんだから！」

彼女が芹さんの妹なのか。彼女は手を離したが、芹さんの前に回り込んで、通さないように両手を広げた。

「骨髄移植するって本当？　ドナーは？」

「もう見つかったから、心配ない」

「わたしがドナーになれるのに！」

「いらない。櫻子にそんなことしてもらいたくない」

「なぜ！」

「押しつけがましい！　放っておいて！」

わたしは息を呑んだ。いつも笑顔で、柔らかい空気をまとっている芹さんから、そんな強い言葉ははじめて聞いた。

芹さんは、一瞬、真顔になると、彼女に笑いかけた。

「そんなことしたら、父さんも母さんも怒るかもね。失敗作が迷惑をかけるなって」

「なんでそんなこと言うの！　怒るわけないじゃない」

泣きそうな声を上げる櫻子さんを、芹さんは強く押してどかせた。

「あんたに助けてもらいたくなんかない」

櫻子さんの顔が歪《ゆが》んだ。

芹さんは足早に風待荘に戻って行った。わたしはどうしていいのかわからず、櫻子さんにお辞儀だけして、芹さんの後を追った。


芹さんは、風待荘の土間にしゃがみ込んでいた。

「大丈夫ですか？　立てますか？」

そう尋ねると、彼女は小さく頷いた。

「すみません。お見苦しいところをお目にかけてしまって……」

「そんなことはどうでもいいです」

「大丈夫です。部屋で少し休んでますね」

彼女はそう言って立ち上がり、自分の部屋に戻って行った。

わたしはエコバッグに入れた荷物を冷蔵庫とストッカーに仕舞った。花も買ってきたから、花瓶に活《い》けて、ゲストハウスの方に持って行く。

戻ってくるとき、櫻子さんがまだ路地に立ち尽くしているのが見えた。目が合う。どうしようかと迷っていると、彼女が駆け寄ってきた。

「すみません。姉のこと……教えていただけませんか？」

「わたしは十月からここで働いているだけですから、くわしいことは……」

「それでも何年も会っていないわたしよりは知っていると思います。わかることだけでいいんです」

一瞬、迷った。芹さんはいい顔をしないだろう。だが、櫻子さんが悪い人には見えなかったし、なにより、彼女たちのことを知っておきたかった。

なにも知らない状態で、芹さんの申し出——遺言書に名前を載せることを承諾することはできない。

わたしたちは、少し歩いた先にある観光客の多いカフェに行くことにした。話の内容を考えると、あまり顔を知られていない場所の方がいいだろう。

歩きながら彼女は自己紹介をした。

「芹澤櫻子と申します。ピアニストをやっています」

すらりとして、華やかだ。ロングドレスを着て、ピアノの前に座るところが簡単に想像できた。顔立ちは確かに、波由に少し似ている気がする。

「姉は二十歳の時に突然、家を出て行ってしまいました。もちろん、姉がそうしたくて、そうしているのなら、それでいいと思っていました。元気でやってさえいてくれるなら……。でも、叔母《おば》から、姉が病気で入院して骨髄移植をするって聞いて、いてもたってもいられなくなって……」

「そうなんですね」

彼女の話だけ聞くと、芹さんがあれほど頑《かたく》なになっている理由はわからない。櫻子さんも感じのいい人のように思える。

もちろん、今日会ったばかりのわたしに、簡単に家族のことがわかるはずはない。

カフェに到着し、席について注文を済ませると、櫻子さんは尋ねた。

「それで姉の容態は……」

「先ほど言ったように、わたしもくわしいことは聞いていないんです。でも、ドナーも見つかって、来年一月から治療に入るようです」

芹さんは以前、「それほど難しい状態ではない」と言っていた。だが、医師がリスクの高い骨髄移植を勧めるからには、なにも治療しないと、それ以上のリスクがあるということだ。

「いつから具合が悪いのか、ご存じですか？」

「ごめんなさい。わたしは十月から、こちらで働きはじめたばかりなので……でも、今年に入ってからだと聞いています」

あらためて、自分はなにも知らないのだと実感する。

ふと気づいた。芹さんが最初、骨髄移植を渋っていたのは、彼女にドナーになってもらうように頼まなければならないと思っていたからではないだろうか。

櫻子さんは思いきったように言った。

「姉は……家族のことをなにか言ってませんでしたか？」

わたしは言葉に詰まった。わたしが聞いているのは、「両親と妹に風待荘を渡したくない」ということだけだ。それを櫻子さんに言えるわけはない。

「ごめんなさい。なにも……」

「姉には恋人はいますか？」

「わたしは知りません」

一緒に住んでいる感触では、たぶんいない。だが、面と向かって尋ねたわけではないから、断言はできない。

「じゃあ、支えてくれる人はいないんですか？」

そう問われて、答えに困る。恋人や夫のようなこれから人生を共にするパートナーがいないのだとしても、誰にも支えてもらっていないというわけではない。

「その……こんなことを言っていいのかわからないんですが……」

わたしの言葉に櫻子さんが首を傾げた。

「わたしも支えたいと思っていますし、シェアハウスにいる人たちも、みんな芹澤さん……美散さんを支えたいと思っています」

もちろん、誰かがひとりで支えることはできないが、みんなで少しずつ彼女を支えることはできる。二月でアイスランドに帰ってしまうふうちゃんや、週の半分しかいない浅香さんだって、芹さんの力になっている。

櫻子さんは小さなためいきをついた。肩から力が抜けたような気がした。

「よかった……姉にはちゃんとそう言ってくれる人がいるんですね」

彼女はぺこりと頭を下げた。

「姉をよろしくお願いします。わたしや両親は、なぜか姉に嫌われてしまっているけれど……姉のまわりに誰もいないわけではないんだと知って安心しました」

なぜかというからには、彼女は芹さんがなぜ自分を避けるのか知らないのだろうか。

「あの……理由はわからないんですか？」

櫻子さんは首を横に振った。

「わかりません。もしかしたら、音大のことかもしれない」

「音大？」

「わたしたちふたりとも、音大に進学することを目標にしていて、ピアノをやっていたんです。わたしはプロのピアニストを目指していました。でも、姉は高校のとき、突然進学もピアノも諦《あきら》めてしまって、音楽と関係ない専門学校に行ってしまいました。その頃から、姉はわたしや両親とあまり話さなくなってしまって……うちは両親共々、音楽に関わる仕事をしています。だから、その決断をするときに、両親と揉《も》めたのかもしれない」

だが、そんなことでそこまでこじれるだろうか。そう思ってしまうのは、わたしが当事者ではないからかもしれない。

彼女は少し悲しげに笑った。

「ごめんなさい。たぶん、わたしは鈍感でなにもわかってなくて、それが姉をよけいに苛立《いらだ》たせるのかもしれない。でも、話してくれなければわからないのに、姉は話してくれない」

たぶん、芹さんが波由を養子にしてまで、家族との関わりを避けようとしていることを知れば、櫻子さんは傷つくだろう。

彼女は小さなノートを出して、そこになにかをメモした。電話番号だった。

「すみません。もし、姉になにかあったら、知らせていただけませんか？　今回は入院の保証人を叔母に頼んだことで、ようやく姉の近況がわかったけれど、普段は知ることができないから……」

そのくらいならば、芹さんに迷惑をかけることはないだろう。

彼女はもう一度頭を下げた。

「保泉さん、姉をよろしくお願いします」


風待荘に戻ると、芹さんが談話室のこたつにひとり座っていた。わたしに微笑みかける。

「櫻子と話しました？」

「話しました。妹さん、心配してました」

「知ってます」

ぶっきらぼうな返事。彼女らしくないと感じるのも、たぶんわたしが芹さんのことをわかっていないだけだ。

櫻子さんにはわからないような理由で、家族との関係を絶ってしまう激しさは間違いなく、彼女の中にある。

　だが、芹さんは続けてこう言った。

「妹は悪くないんです。妹のことを憎んでいるわけではない。でも、もうこれ以上彼女と関わりたくない。それだけです」

「ご両親となにかあったんですか」

「櫻子からどんなことを聞きましたか？」

　質問に質問で返された。

「なにか進学のことで、ご両親と揉めたのではないかと、櫻子さんは思っているようです。ご両親が音楽関係者で、櫻子さんもピアニストで、芹さんもピアノを習っていたと聞きました」

　芹さんは自分の手をじっと見た。

「子供の頃から平日は一日二時間。休日は五時間くらい練習していました。一日弾かないと三日分、技術が後退すると言われてたから、熱でもでない限り、一日だって休んだことはなかった。でも、十年以上、もうピアノには触っていない。もうきっと、なにも弾けないと思います」

　悲しそうに微笑む。

「高校二年生の時、父に言われました。『無理して音大に行かなくてもいい。他の大学に行った方がつぶしが利く。手に職でもつけたらいいんじゃないか』って。わたしにとっては青天の霹靂《へきれき》だった。ピアノを続けることは苦しくて、なぜ、才能もそんなにないのに、こんなことをやっているのかとずっと思っていた。やめたいと何度も言ったけど、父も母もやめさせてくれなかった。プロのピアニストにはなれなくても、音楽教師にもなれるし、音楽は生活を豊かにしてくれるから。そう何度も説得された」

きゅっと胸が痛んだ。わたしも佐那を英会話スクールに通わせたり、水泳を習わせたりした。やめたいと言っても、「頑張りなさい」と励ましたりした。芹さんのご両親の気持ちもわかってしまう。続けることに価値があると考えてしまっていた。

「今そんなことを言うなら、どうしてもっと早く、ピアノを続けるだけが人生じゃないって言ってくれなかったのかと父を問い詰めたら、こう言われたんです。『おまえがピアノをやめて、遊んで過ごしていたら、櫻子もピアノをやめたいと思うかもしれないから』って。そこで気づいたんです。ああ、わたしは、父にとって失敗作だったんだなって」

わたしは息を呑んだ。先ほど、芹さんが言った「失敗作」という意味がはじめて理解できた。

「櫻子の方が才能があることはわかっていました。それも苦しかったけれど、それでもわたしなりにピアノを愛して、努力してきたつもりだった。でも、両親がわたしを鼓舞して、やめさせてくれなかったのは、ただ櫻子のためだったということを知ってしまった」

なにも言えなかった。ご両親も、まったく芹さんを愛していなかったわけではないと思ったが、それでもそんなことが、救いになるとも思えない。

「ごめんなさい。『そんなことで』って思われますか？　でも、毎日何時間もピアノの前から動くことを許されなくて、泣きながら弾いていた。それもどこかで報われると信じていたのに、なにも報われなかった。両親はわたしの努力が報われないことを知っていた。思い出すと、吐きそうになる」

静かな声なのに、悲鳴のように聞こえた。

「櫻子が悪いわけではない。でも、彼女だって、わたしと父の間にどんなやりとりがあったのか、問い詰めることすらせず、今でも両親と同居している。だから、もう会いたくないんです」

「問い詰めても、もう覚えていないのかも」

思わずそう言ってしまった。芹さんの目が大きく見開かれる。

「傷つけられた方は忘れなくても、言った方は簡単に忘れてしまうんだと思います」

そう言いながら、わたしの頭には邦義の顔が浮かんでいた。

(もう愛していない。ずっと何年も愛していなかった)

邦義だって忘れているかもしれない。素直な自分の気持ちを口にしただけで、それがわたしの何十年もの生活を否定したのだとは、思っていなかったかもしれない。

バカバカしい、と、思ってしまった。わたしだって、忘れてしまいたい。でも、忘れてなんかやらない。何十年も執念深く覚えておいてやる。

それが少し自分を傷つけることであっても、わたしはこの傷を執念深く抱え込む。この傷を持ったまま、幸せになってやる。

「でも、だから、芹さんにも忘れてしまえなんて言いません。芹さんはずっと怒っていていいんだと思います」

はじめて、彼女にとって風待荘がどんなに大切な場所なのか、理解できた気がした。

家族以外の、知らない人たちと同じ屋根の下で生活をして、多くの人たちを迎え、喜ぶ姿を見る。

それが彼女にとって、世界への信頼を取り戻すために必要なことだったのだろう。

「芹さん、さっき、休みは必要ないって言ったけど、やっぱりもらっていいですか」

彼女はきょとんとしたまま、頷いた。

新幹線はあっという間に東京に到着した。

のぞみで二時間と少し、お弁当を食べて、少し眠れば到着してしまう。

二ヶ月半前、東京から京都に向かったときは、簡単に戻れないほど遠い場所へ行くような気がしていたが、よく考えれば、日帰りだってできる。

京都と同じように、新幹線の中も大きなスーツケースを持った外国人観光客でいっぱいだった。

昔は住んでいたはずなのに、東京駅の人の多さに驚いてしまう。

みんな歩みも速い。ぼーっとしていたら、突き飛ばされてしまいそうだ。京都も人は多いが、みんなこれほど急いでいない。

わたしの東京滞在は一泊だけだから、荷物も小さなリュックひとつだ。帰りの新幹線の切符も取ってある。

丸《まる》の内《うち》南口から出ると、改札の向こうに立つ佐那の姿が見えた。

胸がぎゅっと痛くなる。たった三ヶ月。なのに、何年も会っていなかったみたいに懐かしい。

「おかーさーん」

笑いながら手を振ってくれる。

「元気だった?」

「うん、お母さんも元気そうだね」

そう、少なくとも、三ヶ月前よりは元気かもしれない。駅前は混雑しているから、わたしたちは東京駅から少し歩いたところにあるフルーツパーラーに向かった。

「びっくりした。急にくるなんて言うから」

「一月から、正規雇用になるし、ゲストハウスのオーナーさんが入院するから、あんまり休めなくなるんだよね。だからその前に、連休くれるって言うからきちゃった」

「ええっ、そうなんだ。大変だね」

冬休み期間は少し混むが、一月はまだオフシーズンと言えるかもしれない。それから二月には中国や韓国、東南アジアの人たちが旧正月の休暇でやってくる。その次は学生たちの春休み、イースター休暇と続き、それから桜の季節にピークを迎える。

他の国の人たちが、どんな時期にまとまった休みを取り、旅行に行くか。これまでは気にしなかったことが、わたしの生活と深い関わりを持ち始める。

桜が散ったら、次はゴールデンウィーク、葵祭、苛酷だと噂される夏がやってくると祇園祭と五山送り火。

ずっと先のことで、そのときどんな気持ちでいるのかわからないはずなのに、なぜかわくわくした。

「高校は楽しい？」

「うん、楽しい。秋からボッチャのクラブに入ってるの」

「ボッチャ？　えーと、パラリンピックの種目だよね」

「そう。でも、障害のある人だけのスポーツじゃないんだよ。すごくおもしろいんだからね」

中学生のとき、不登校になっていたのが嘘みたいだ。運動もわたしに似てあまり得意ではなかったが、楽しめるスポーツを見つけたのならよかった。

しばらくボッチャの話を聞いた。ジャックボールという的の、いかに近い場所にボールを投げたり転がしたりするかを競うゲームだという。ジャックボールを投げるのも競技者だし、またどうやって、後から投げられるボールをブロックするかも、大事らしい。

「頭脳戦なんだよ。相手チームが苦手そうな場所に、ジャックボールを投げたりとか。あと、ジャックボールにわざとぶつけて、移動させて、一気に形勢を逆転させることだってできるの」

目をきらきらさせて話す佐那を見ているだけで楽しい。それが他愛のないことであっても。

ふいに佐那が黙った。決心したような顔をして口を開く。

「お母さんも毎日楽しい？」

「うん、佐那に会えないのは寂しいけどね」

「今、会えてるじゃん」

「そうだね」

なぜだろう。あんなに「寂しい」ということを口に出すことが難しかったのに、今では簡単に言える。その言葉が、佐那の重荷にはならないことがわかる。

「お母さんはどんな仕事してるの」

「ゲストハウスだから、掃除したり、受け付けしたりだよ。あ、あと毎週土曜日に交流パーティをするから、そのとき料理は作る。唐揚げとか、おこわとか」

「お母さんの唐揚げおいしいもんね」

そう言った後、佐那はわたしの顔をじっと見た。なにか言いたいことがある顔だ。

「なに？」

「まだ、お父さんには言ってないから、黙っていてほしいんだけど」

「うん。というか、お父さんとは全然連絡取ってないから、言わないけど」

佐那は少し笑って、真剣な顔になった。

「わたし、大学は留学したいと思ってる。もしかしたら、ストレートでは無理で、浪人するかもしれないけれど」

わたしは驚いて、佐那を見た。

「どこに?」

「アメリカかカナダ。初音さんがくわしいから、相談に乗ってもらっている」

「そうなんだ……」

「驚いた?」

もちろん、驚いた。心配でもある。学力はなんとかなっても、治安は大丈夫なのだろうかとも思う。だが、不思議と止めたい気持ちにはならなかった。

そういえば、彼女は英語の成績がとてもよかった。

「頑張ってね。お母さんも応援するから」

そう言うと、佐那は顔をくしゃくしゃにして笑った。子供のときから変わらない、最高に可愛い笑顔。

もし、今、離れて住んでおらず、一緒に暮らしていたとしたら、こんなふうに応援してあげられなかったかもしれない。わたしにとって、佐那はずっと守るべき子供で、心配する気持ちの方が大きかったかもしれない。

今は、少し違う。危ないことはしてほしくないが、それが佐那のやりたいことなら、自由に選んで、実現してほしい。それを応援したいと心から思えるのだ。

たぶん、今なら、佐那がピンクの髪になっていても、驚かないかもしれない。

11

数日前から、ふうちゃんがそわそわしていることに気づいていた。

ふうちゃんの家族が、アイスランドからやってくるのだ。

関西国際空港から京都駅までは、ＪＲの特急で一本だし、リムジンバスもある。そこから風待荘までは地下鉄だが、レンタカーを借りて迎えに行くか、ずっとふうちゃんは悩んでいた。

「高速なら平気なんですけど、京都市内を運転するのは、怖いです」

市内は交通量も多い。道は碁盤の目になっているから、徒歩や自転車だと、場所を把握するのは簡単だが、車は一方通行の道も多く、たまにタクシーに乗っても、道順を説明するのは難しい。

「アイスランドでは、レイキャビク市内でも、こんなに交通量はありません。二年いても、日本で運転するのは怖いです」

その気持ちはわたしにもわかる。

京都は渋滞も多く、バスに乗っていても渋滞に引っかかることがある。観光客で混んでいる路線だと最悪だ。

だからわたしも、普段は自転車か、地下鉄のどちらかしか使わない。

「だったらリムジンバスで来て、京都駅から地下鉄の方がいいんじゃない？」

浅香さんが、おせんべいをかじりながらそう言った。ふうちゃんは考え込む。

「それならＪＲかなあ。息子は電車に慣れてないし、この機会に乗せておきたい」

「アイスランドには電車がないんだっけ」

「そうです。イギリスや他の国に旅行したことはあるから、乗ったことはあるんですけど、それでも電車のある国に住む人より、乗る機会は少ないですから」

電車のない国なんて、想像できない。

昔、沖縄には電車がなかったと聞いたことがあるが、今はゆいレールがある。

「じゃあ、国内旅行をするときは、車かバス？」

そう尋ねると、ふうちゃんは笑って答えた。

「飛行機もありますよ。レイキャビクはアイスランドの西の方にありますから、東や北に行くときは飛行機も使います」

彼女の家族が日本を訪ねるのは、今回がはじめてだという。長い休みには、いつもふうちゃんがレイキャビクに帰っていたと言っていた。

「夏休みにきたがっていたんですけど、たぶん、夏の京都では夫も息子も生きていけないと思います」

レイキャビクは夏でも最高気温が十五度くらいだと聞いた。日本では冬でもたまには、そのくらいの気温になるときがある。

ふうちゃんが特に張り切っているのは、食だ。日本のおいしいものをたくさん、家族に食べさせたいと言っていた。

すき焼きの名店にはもう予約を入れたらしい。他にも京料理の店や、焼き肉など、熱心に下調べをしている。風待荘では、芹さんがおでんを用意するという。

芹さんが作るおでんはとてもおいしい。鰹《かつお》の出汁《だし》がしっかり利いていて、そこに大根やじゃがいも、こんにゃく、飛竜頭《ひりようず》、厚揚げ、いろんな種類の薩摩《さつま》揚げがたくさん入る。お店にあるような仕切りのあるおでん鍋《なべ》で作り、好きなものを選んで食べる。

芹さんが言うには、おいしい豆腐店で、厚揚げや飛竜頭、焼き豆腐などを買い、おいしいかまぼこ専門店で薩摩揚げを買うのがコツらしい。

薩摩揚げは、関西の方では天ぷらと呼ばれる。九条葱《ねぎ》や紅生姜《しょうが》の入ったものや、ピンク色をして桜の形をした可愛らしいものなどは、京都に来てから、はじめて見た。

ふうちゃんの家族にも気に入ってもらえるのではないかと思う。

うれしそうなふうちゃんを見ていると、自然にこちらも笑顔になる。

「楽しみだね」

そう言うと彼女は頷《うなず》いた。

「京都の冬は寒いけど、とても明るいから、きっとふたりとも喜ぶと思います」

「明るい？」

「ええ、北欧だけでなく、イギリスもフランスもオランダも、冬は日照時間も短いし、どこか薄暗いです。日本にきて、冬が明るいことに驚きました」

そんなことを考えたことはなかった。日本だって冬は日照時間が短いと思っていたが、確かに北欧と比べれば、ずっと長いのだろう。

少し前に佐那に会ってきてよかったと思う。もし、彼女とずっと会えないままだったら、ふうちゃんの楽しげな様子にも、心がざわめいてしまっていたかもしれない。

うらやましい気持ちはあるが、それでも、今は素直に、彼女が家族と一緒に過ごせることをよかったと思えるのだ。

一週間に一度、拭《ふ》き掃除をする。雑巾《ぞうきん》を絞って、雑巾用のモップに装着し、板張りの廊下、畳、階段などを拭き上げる。

昔ながらの雑巾がけと違って、立ったまま拭けるし、雑巾は最初に何枚もお湯で濡《ぬ》らして絞り、掃除が終わった後に洗濯機で洗う。

かなり簡略化しても、ゲストハウスとシェアハウスの両方をやると、なかなかの重労働だ。先月までは、シェアハウスの方は芹さんがやっていたが、どうせ、来月からはわたしがやらなければならなくなる。芹さんの身体も心配だし、今月からわたしがやることにした。

建具は、米ぬかを綿の袋に入れたもので、拭き上げる。そうすると、深い艶《つや》が出るのだと聞いた。捨てられてしまうようなものでも役に立つことがある。今はそんな小さなことにも心が動くような気がする。

マンションに住んでいたときよりも、掃除する場所は広くなったが、自分の時間は増えた。栄養のバランスが取れた献立を、毎日考えなくてもいいし、洗濯だって一人分なら、三日溜《た》めたって大した量ではない。

家族で暮らしていたときは、自分のことよりも、家族のことを気にかけてばかりいた。まだ、ふいに転がり込んできた自分の時間を、どうやって過ごせばいいのか、よくわからない。

京都の名所もいくつか見て回ったが、さすがに十二月も半ばを過ぎると、寒さの方が応《こた》える。かといって、クリスマスや正月準備で浮かれている繁華街に出て行く気にもなれない。

そんなときに、拭き掃除をするのはわるくない。

特にシェアハウスの方は、きれいにすれば、喜んでくれる人がいる。芹さんだけでなく、浅香さんやふうちゃんなども、気付いてくれる。

掃除を終えて、干してあった布団を取り入れる。ふうちゃんの家族のために、予備の布団をゲストハウスから運んできたのだ。

布団乾燥機はかけてあったが、今日はいいお天気だから、太陽にも当てておきたいと思った。

空気は冷たいが、澄んでいる。東に見える山々も、輪郭がくっきりしているような気がする。

ふうちゃんが、「京都の冬は明るい」と言ったことを少し思い出した。もちろん、それは、彼女の故郷、レイキャビクと比べての話なのだろうが、わたしにもその明るさが感じられるようになってきた。

高いビルが少なく、空が広いことも明るく感じられる理由のひとつなのかもしれない。

布団と毛布を、二階の波由が使っていた部屋まで運んで、ひと息つく。

さすがに少し疲れたので、休憩したい。

ふうちゃんは家族を関西空港まで迎えに行っている。浅香さんは東京だし、芹さんは病院に行っている。

コーヒーを淹《い》れて、談話室のこたつに入る。

後で、自転車に乗って、明日食べるパンでも買ってこようかと考える。

京都の人たちはパンが好きだ。おいしいパン屋はあちこちにあるし、年配の人も、よくパンを買っている。

バゲットや、パン・ド・カンパーニュがおいしい店だけではなく、ドイツパンの店や、フィンランドのパンを売っている店なども教えてもらい、自転車でよく買いに行っている。

おいしいパンがあれば、あとはスープかサラダで充分満足できる。

そう考えながら、少しうとうとしかけたときだった。ポケットに入れていた携帯電話が震えた。

起き上がって、携帯電話を取り出すと、液晶画面に佐那の名前があった。あわてて、電話に出る。

「もしもし、佐那？」

「お母さん？」

彼女が自分から電話をかけてくるなんて、別々に住むようになってからはじめてだ。いつもメッセージしか送ってこないのに。

「今から行っていい？」

いきなり問いかけられて戸惑う。

「行っていいって……どこへ？」

「お母さんのところ」

「そりゃいいけど……」

そう言うと、あからさまにほっとしたような間があった。

「どうしたの？　なにかあったの？」

しばらく沈黙した後、ぽつりと佐那が言った。

「お父さんと喧嘩《けんか》した」

どうして？　と尋ねようと思ったが、それを呑《の》み込む。携帯電話で話せるようなことではないだろう。

「今どこ？」

「もう新幹線に乗っちゃった。さっき、浜松《はままつ》を通り過ぎたところ」

だとしたら、あと一時間半くらいで京都駅に着いてしまう。

「お母さん、京都駅まで迎えに行こうか？」

「大丈夫。スマホがあるから、ひとりで行ける。教えてもらった住所のところに直接行っていい？」

「うん、シェアハウスにいるから大丈夫」

少し黙った後、かすれた小さな声が言った。

「お父さんには言わないで」

そう言われた瞬間、少し迷った。彼女の言う通りにしてあげられたらどんなにいいだろう。

「ごめん。それは無理。お父さんと何があったかは後で聞くけど、お母さんだって、佐那と一緒に暮らしていて、佐那がいなくなったらものすごく心配するし、警察にだって行く。お父さんから連絡があったら、佐那と一緒にいることは言う。その代わり、ちゃんと佐那の話も聞くし、力になるから」

「お父さんから連絡なかったら、お母さんからは知らせない？」

少し考えてみる。わたしの電話番号は邦義だって知っているんだし、こちらから連絡してやる筋合いはないと思う。

「お母さんからは連絡しない」

佐那がかすかに息を吐いた。

「わかった。じゃあ、お母さんのところに行く」

「気をつけてね」

佐那の方から電話は切れた。わたしは急いで、芹さんにメッセージを送った。

シェアハウスの規約では、自分の部屋に他人を泊めてはいけないことになっている。今日と明日はゲストハウスに空きがあるから、そこに泊まることはできるが、芹さんの許可が必要だ。

芹さんからはすぐ返事が来た。

「大丈夫です。民泊みたいに使われると困るから規約にしているだけで、お嬢さんなら眞夏さんの部屋に泊まってもかまいません。今日明日はゲストハウスの方を使ってもいいですし」

これで、宿泊場所の問題は片付いた。佐那が何日いるかはわからないが、わたしの部屋にいていいのなら、問題はない。

部屋に戻って手帳を確認する。離婚する前に、佐那の学校の年間予定は書き留めてある。今は期末試験が終わったところだ。数日で終業式で、それから冬休みに入る。

冬休み中、一緒にいられたらいいのに。

そんな自分勝手なことを考えてしまう。佐那にとっては、邦義と仲直りして、東京に帰る方がいいに決まっている。

すっかり冷めてしまったコーヒーを飲みながら、わたしは佐那のことを考えた。

佐那と邦義になにがあったのだろう。


玄関の方がざわついている。

気になって、引き戸を開けると、背の高い金髪の青年がいた。わたしを見て、驚いた顔になる。

後ろには、巨大なスーツケースを抱えた大柄な男性と、ふうちゃんが見える。ふうちゃんが家族を連れて、空港から帰ってきたのだとようやく気づく。

Ｈｉと挨拶《あいさつ》すると、青年は少しはにかんだように笑って、挨拶をした。

「ああ、眞夏さん。息子のステファンです。こちらが夫のソウル」

「こんにちは」

ソウルさんは、日本語でそう言って手を差し出した。握手をする。

ふうちゃんは耳慣れない響きの言葉で、わたしをソウルさんとステファンくんに紹介した。少し囁《ささや》くような響きのある、英語とはまったく違う言語。

十五歳と聞いていたから、もっと幼い少年を想像していたが、ステファンくんの身長は百七十センチ以上あり、顔立ちも大人っぽい。ただ、表情だけが子供らしさを残している。

ソウルさんはスーツケースを二階に運んだ。わたしは、ふうちゃんに尋ねる。

「コーヒーでも淹れましょうか？　それとも日本のお茶がいいですか？」

「コーヒーでお願いします」

わたしは土間にあるウォーターサーバーから水を注いで、コーヒーメーカーをセットした。

三人は荷物を運び終えて、談話室にやってきた。まだ畳の部屋での過ごし方がわからないのか、ソウルさんとステファンくんはどこかそわそわしている。

そういえば、シェアハウスの方に男性がいるという状況は、わたしもはじめて経験する。

ふうちゃんがこたつに入るように促して、ふたりはおそるおそる、こたつの中に足を入れる。

三人の会話はわからないが、聞き慣れない言葉での会話を聞いているのもわるくない気分だ。

マグカップに入れたコーヒーを三人の前に置くと、みんな揃って、ありがとうございます、と言ってくれた。

そういえば、もう一時を過ぎている。わたしはふうちゃんに尋ねた。

「お昼ごはん、どうなさいます？　もう食べました？」

ふうちゃんはソウルさんになにかを言った。ソウルさんもアイスランド語で答える。

「まだ食べてないんですけど、どうしましょうね。コンビニでも行こうかなと思っていたけど、根っこが生えてしまいましたね」

ふうちゃんが含み笑いをしながらそう言った。

長時間のフライトの後、こたつに入ったら仕方がない。ステファンくんもちょっと眠そうな顔をしている。

「宅配のお寿司《すし》でも取りましょうか」

そう尋ねると、ふうちゃんは頷いた。

「そうですね。日本のお寿司を食べてもらわないと」

注文する前に芹さんと佐那にメッセージを送る。

芹さんからはすぐに返事があった。

「じゃあわたしも帰って食べます」

佐那は新幹線の中で寝てしまったのか、返事はない。握りを六人前と、追加で巻き寿司を頼むことにする。夕食はおでんだから、余った分はそのときに食べればいい。

注文を終えると、わたしはふうちゃんに言った。

「実は娘がこれからこちらにくるんです」

「え？　娘さんが？　会えるのはとてもうれしいですね」

寿司が届き、お茶を淹れているとき、ようやく佐那から返事があった。

「さっき、京都について地下鉄に乗った。新幹線の中で、おにぎり食べたから、お昼はいいや」

「了解。オーナーの人が、わたしの部屋に泊まっていいと言ったから安心しておいで」

「やった！　ありがとう」

湯飲みに注いだお茶を、ふうちゃんがこたつまで運ぶ。気になっていたことを尋ねてみた。

「息子さんって、中学生でしたっけ」

「年齢的にはそうです。アイスランドの教育制度だと、十六歳まで初等・前期中等教育で、その後、後期中等教育になります。日本の小学校と中学校が一緒になっていて、その後高校に行くような感じですね」

「そうなんですね。だったら来年、受験なんじゃないですか？」

「再来年から、高校に行きます。でも、アイスランドでは日本のような受験制度はありませんから、学校の成績で、行ける高校が決まります。なので、特別なことはなにもありません」

日本にも推薦入学はあるが、それでもかなりシステムが違うようだ。

「高校を卒業したら、自動的に大学に進学する資格が与えられます。学科なども自分で選べます。なので、ステファンも、高校を卒業したら、しばらくワーキングホリデーなどで他の国に行って、それから大学に行くつもりらしいです」

他の国のシステムを、無条件で褒め称《たた》えるつもりはないが、自分がなにをしたいかゆっくり考える時間があるというのは素直にうらやましいと思う。

今はそんなことはないかもしれないが、わたしが学生の頃は、男性は浪人してもいいが、女性が浪人すると就職するときに、不利になるなどと言われていた。

じっくりと考えたり、迷ったりする時間も与えられず、大人になることを要求され、工業製品のように社会に出荷される。

佐那が留学を希望する気持ちも、わかるような気がする。彼女は、きっと外の世界を見に行こうとしているのだ。

玄関の引き戸が開いて、芹さんが帰ってくる。

ちょうど食事をはじめようとしていたときで、タイミングがいい。

「鯖《さば》寿司買ってきました。みんなで食べましょ」

ずっしりと重い、竹の皮包みを芹さんから受け取る。酢飯のいい匂いがする。

東京ではあまり食べなかったが、京都の鯖寿司は絶品だ。

肉厚の脂ののった鯖が、みっしりと押し固められたごはんの上にのっていて、かなり満足感がある。

鯖寿司は、分厚い上質な昆布で包まれていて、それを剝《は》がしてから食べる。

なかなかの高級品だが、その価値はあると思う。

竹の皮を開いて、皿に盛りつけながら、ふうちゃんに尋ねる。

「酢締めの鯖、みなさん大丈夫ですか？」

寿司は世界で食べられていると聞くが、生の青魚には抵抗がある人もいるのではないだろうか。

「鯖の酢締めは食べたことなかったけど、ニシンの酢漬けはよく食べるので、たぶん、大丈夫だと思います」

それははじめて聞いた。日本だと、ニシンは焼くか、甘露煮のイメージが強い。

「それより、鯖寿司はごはんがぎっしりと押し固められているから、すぐお腹いっぱいになってしまうかもしれません」

たしかに、鯖寿司の一切れは、握り寿司の一貫と比べてもごはんの量が多い。

それでもソウルさんとステファンくんはおいしそうに寿司を食べている。ふうちゃんと話すときはアイスランド語だが、二人とも英語が話せるから、直接やりとりもできる。

三十分ほど経っただろうか。また引き戸が開く音がした。

立ち上がって、玄関に行くと、キャリーケースを持った佐那が立っていた。

「お母さん……ごめん。いきなり」

「別にお母さんは大丈夫よ。今、みんなでお寿司食べてるの。たくさんあるから、少しだけでも食べる？」

自分のことを「お母さん」と言うのもなんだか、くすぐったい。このシェアハウスにいるときに、そんなふうに自称することなんてないからかもしれない。

土間を通って、談話室に行く。佐那は少し驚いた顔をした。四人のうち、三人がアイスランド人だからかもしれない。

「今着きました。わたしの娘の佐那です」

佐那にもみんなを紹介する。ふうちゃんの名前を口に出すときは、少し緊張する。

「こちらが、シェアメイトのフラプニルドゥルさん、そのご家族でソウルさんとステファンさん」

最初は覚えることさえ難しいと感じた、ふうちゃんの本名だが、ソウルさんが発音するように、プの音を日本語のようにではなく、唇を軽く閉じて出すと、思ったよりすんなりと口に出せた。

ステファンくんは笑顔で手を振った。同世代だからか、他の人に対するより、親しみが感じられる。佐那も笑顔になり、英語で自己紹介をした。

「さあ、佐那ちゃん、ここ座って」

芹さんが佐那の場所を空けてくれる。

「よろしくお願いします」

佐那はそう言って、芹さんの隣に腰を下ろした。佐那は流暢《りゅうちょう》に英語を使って、ふうちゃんやソウルさん、ステファンくんと話をした。

そのうち、ステファンくんの隣に移動して、スマートフォンの画面を見せながらなにかを話している。

佐那の英語を実際に聞くのははじめてだ。中学生のときから、英語のラジオ講座をよく聴いていたし、成績もいいことはわかっていたが、留学したいという気持ちが、ただの憧《あこが》れでないことがよくわかる。

空いた食器を片付けて、台所に持って行って洗う。お茶を淹れ直そうか考えていると、佐那が台所にやってきた。

「ねえ、フラプニルドゥルさんたちが、八坂神社に行くらしいんだけど、一緒に行っていい？」

「わたしはいいけど、疲れてない？」

「うん、大丈夫。荷物だけ、お母さんの部屋に置いていい？」

わたしは廊下のところまで行って、自分の部屋を教えた。彼女はキャリーケースをそこに置くと談話室に戻った。

やがて、がやがやとみんなで出て行く音が聞こえ、急に部屋が静かになる。

芹さんが空になった寿司の容器を持って、台所にやってくる。

「佐那ちゃん、いい子ですね」

わたしの中では、どちらかというと引っ込み思案で、人と親しくなるのに時間がかかる子だったが、初対面の人とも、英語であんなに会話できるようになっていたなんて知らなかった。

そう言うと、芹さんは少し笑った。

「英語だから、日本語より社交的になれるってこともあるかもしれません。ほら、使う言語によって、性格が変わることがあるって聞きますし」

そうなのだろうか。言われてみれば、わたしも英語を話すときは、日本語の自分よりも開けっぴろげになるような気がする。

もしかすると、自分が考えている自分の性格なんて、ちょっとしたことで変わるのかもしれない。


夕食は、みんなでおでんを食べた。佐那は紅生姜の入った練り物と、ウズラの卵の入った練り物を食べて、「これ東京にもあればいいのに」などと言っていた。

寒い日に大きな鍋を囲んで食べるおでんは最高だ。ステファンくんはおでんの卵に辛子をつけて食べるのが気に入ったらしい。気が付けば、大きな鍋が空になっていた。

夕食後、わたしは佐那と銭湯に行った。銭湯への道を歩きながら、佐那が尋ねた。

「お父さんからなんか言ってきた？」

念のため、携帯電話を見てから答える。

「まだ」

「わたしの携帯電話には、さっきからずっと着信入ってる」

「出て、お母さんのところにいるって言えば？」

「いやだ」

分厚いダウンコートを着ていても、風は冷たい。外の方が素直になれるような気がして尋ねた。

「お父さんと何があったの？」

「留学なんてダメだって」

わたしはためいきをついた。邦義には腹を立てているが、その気持ちはわからなくはないのだ。

「いい成績とって、努力して認めてもらうしかないかもね」

「でも、行ってもいいって言っていたのに。応援するって約束したのに！」

「いつ？」

佐那は少し気まずそうな顔をした。

「お父さんとお母さんが離婚するとき。その前に初音さんに紹介されて、初音さんが韓国にも住んでいたことがあるって言ったから、わたし、つい、初音さんに『わたしも大学はアメリカかカナダに行きたいと思ってる』って言ったの。そしたら、お父さんが『お母さんの方に行ったら、留学なんてお金のかかることはできない』って言ったから……」

「なるほどね」

邦義の言うことは間違っていない。しばらく職歴に空白がある中年女性が、娘を海外にやれるほど稼ぐのは、簡単なことではない。

「もらった慰謝料があるから、それを使えば行かせてあげられるよ」

「でも、それはお母さんがもらうべきお金でしょ。お父さんがお母さんを裏切って、その分お母さんが幸せになるためのお金でしょ。わたしのために使うのは違うと思う」

手つかずのまま、銀行口座にある慰謝料のことを考える。たしかにあれがなければ、もっと未来に不安を感じるだろう。だが、それがあるから、幸せでいられるとも思えない。あのお金だけで生きていくことはできない。

「なんだったら、裁判でもやって、お父さんから養育費をぶんどってやるわよ」

そう言うと、佐那は少し笑った。

すっかり顔馴染《なじ》みの銭湯の更衣室で服を脱いで、二人並んで身体を洗い、湯船に浸《つ》かる。

佐那がためいきをつくように言った。

「こんなことを言うと、お母さんにすごく失礼なのはわかってるけどさ」

「なあに?」

「わたし、お母さんは、お母さんという生き物なんだと思っていた」

「なにそれ?」

どんな失礼なことを言われるかと思ったが、想像もできなかった言葉が飛んできた。

「優しくて、家族のことを考えていてくれて、いつも、ごはん作ってくれて、風邪引いたら、心配してくれて、自分のことは全部後回しで、でも、そのことが幸せ、みたいな……」

それは理想の母親だ。自分がそんないい母親だったとは思えない。だが、そうなりたいと思っていたことも事実だ。

「そんなお母さんのことは好きだったけど、わたしもいつか、そんなお母さんになるなんて考えられなかった。わたしはわたしのことが大事だし、誰かのことを自分より優先するなんてできない」

「うん、そうだね」

佐那は佐那の好きなように生きればいい。それでも大事な存在ができれば、もしかしたら自然にその誰かを大事にしてしまうことだってあると思う。

「でも、今日わかった。お母さんは生まれつき、お母さんだったわけじゃなくて、たまたまわたしやお父さんの前で、お母さんをやってくれていただけで、お母さんにも友達や、大事な人がいて、お母さんのことを友達として、大事に思っている人もいるんだって」

「そうだね」

佐那の言葉で気分を悪くしたりしない。ただ、考えてしまうのだ。わたしが夫のために仕事をやめて、家族を最優先に生きてきたこと。それが佐那にとっては、重い未来を予見させてしまうものだったのかもしれないということを。

だからそんな単純なことではないのだと彼女には知ってほしいと思う。

「佐那は好きなように生きればいいよ。結婚してもしなくてもいいし、子供だっていてもいなくてもいい。遠い国に行ってもいいし、どこかの山に引きこもって、自給自足で生きてもいいし」

「なに、それ」

佐那はそう言って笑った。

「お母さんになってもいいし、ならなくてもいいし、捨てたいものは捨ててもいいし、捨てたものをまた拾ってもいいってこと」

ふうちゃんみたいに、母親になっても、遠い国で勉強することだって、やりたいと思えばできるのだ。もしかすると、それはお母さんという生き物になるよりも、険しい道のりなのかもしれないけれど。

12

朝食の準備は、ふうちゃんとその家族がしてくれた。

朝の散歩で買ってきたいろんな種類のパンに、ハムとスモークサーモン、チーズ、みかんやいちごなどのフルーツとコーヒー。決して手間がかかるようなものではないが、座卓の上に皿がたくさん並んでいると、それだけで華やかだ。

普段はひとりでパンを食べてコーヒーを飲むだけだから、みんなで卓を囲むのは楽しい。

芹さんは、濃く淹《い》れたほうじ茶に蜂蜜《はちみつ》とミルクを足して、ほうじ茶ラテにして飲んでいた。佐那がさっそく真似をしている。

ステファンくんとソウルさんは、日本の惣菜《そうざい》パンが珍しいらしい。ポテトサラダやコーンのパンをにこにこして食べている。

「佐那は今日どうするの？」

わたしがそう尋ねると佐那は首を傾げた。

「お母さんは今日仕事なんだよね」

午後からゲストハウスのチェックインがあり、庭の手入れの業者も来るから、午後は風待荘にいなければならない。

ふうちゃんがそれを聞いて言った。

「わたしたち、今日は伏見稲荷に行くんですけど、一緒に行きませんか？」

「えっ、いいんですか？」

佐那がうれしそうな顔をした。これは本気で行きたい顔だ。

わたしはふうちゃんに尋ねる。

「いいんですか？　せっかく家族水入らずなのに」

「家族水入らず」

聞き慣れない表現だったのか、ふうちゃんが楽しげに繰り返した。

「大丈夫です。みんなで行く方が楽しいです」

佐那が甘えるような顔でわたしを見る。

「お母さん、行っていいでしょ？」

「佐那が行きたいならご一緒させてもらったら？」

「やった！」

三ヶ月も離れて暮らしていたのが嘘みたいだ。佐那が横にいるのが当たり前で、佐那のことを心配するのもいつものことで、ずっとなにも変わっていなかったような気がする。

このままずっと一緒にいられたらいいのに。

一瞬、そう思ったことを、胸の奥に押し込める。

過度な望みを抱いて苦しくなるのは、自分自身だ。


ふうちゃん一家と佐那が出かけてしまうと、風待荘は急に静かになった。

食器を片付けながら、芹さんが言った。

「佐那ちゃん、お母さんが大好きなんですね」

そんなことを言われると面映《おもは》ゆい。

「さあ、どうでしょう。たまにしか会えないからかな」

本当に大好きだったら、父親ではなく、わたしと一緒にきてくれるはずだ。そんなふうに考えてしまって、素直に返事ができない。

「どうして、うまくいく家族と、うまくいかない家族がいるのかな」

芹さんがぽつんと言った。それはわたしもよく考えてしまうことだった。

「わたしもうまくいかなかった方ですよ」

「ごめんなさい。そんなつもりじゃ」

芹さんが困ったような顔になる。

「眞夏さんの場合は、眞夏さんが悪いんじゃないでしょう」

「どうでしょう」

芹さんを困らせるから、それ以上は言わないが、たぶん邦義から見れば、わたしにも問題はあったのだろう。

佐那の受験が落ち着くまでは、黙っているつもりだった。そう彼は言った。彼にとって、それが誠実さだったのだろうか。

だが、もし人生の行き先が間違っていると思っていたなら、もっと早く言ってほしかった。途中までしか行かない車に乗ったまま、それが最終目的地まで行くのだと信じていたわたしはいったいなんだったのだろう。

たとえ、離婚するタイミングを選んで、仮面夫婦を続けたとしても、なにも知らないでいるよりずっといい。

ポケットの中で携帯電話が震えた。取り出して、自分の目を疑う。邦義からだった。

何の用だろうと思ってから、そういえば佐那が彼の家を出たのだったと気づく。

「はい」

少し冷たい声で電話に出ながら、自室に向かう。あまり人に聞かれたい会話ではない。

電話の向こうで、彼がたじろいだ気配がした。

「俺だ。佐那はそっちにいるか」

もう家族でもなんでもないのに。「俺だ」と言えば伝わると思っているのだろうか。

「いるよ」

「どうして、連絡してこないんだ」

思わず言ってしまった。

「わたしから？」

「こっちが心配していることくらいわかるだろう」

「邦義さんが自分で、佐那に電話すればいいでしょう」

ひさしぶりに、姓を変えればよかったかもしれないと思った。そうしたら、彼のことを「保泉さん」と呼べた。

「電話に出ないんだ。出るように言ってくれ」

「今は一緒にいない。朝から出かけて、きっと夜まで帰ってこない」

「どうして！」

「さあ、京都観光でしょ」

「京都？」

彼は戸惑ったように口ごもった。それから思い出したようにつぶやいた。

「そういえば、お母さんは京都にいるとかどうとか言ってたな……」

つまり、わたしにはその程度の関心しかないということだ。けっこうなことだ。

「すぐに帰るように言うんだ」

バカみたい。もう家族でもなんでもないのに、まるでわたしが、彼の言うことを聞くのが当たり前みたいに考えているのだろうか。

「本人に言って。わたしから言う義理もないし」

電話の向こうで、彼が驚いている気配がした。

いつも、彼との会話では、わたしが引いていた。口論になりそうなときや、彼がイライラしているようなときには、揉《も》めないように言いたいことを呑《の》み込んで、彼の意に添うようなことを言った。

それが大人のふるまいだと思っていた。家の中の空気が悪くなるくらいなら、自分の言いたいことを呑み込むことなんて大したことじゃない。

そう、一回一回は小さなことばかりだ。もう覚えていることも少ない。けれども、自分の気持ちを押し殺して微笑むことが当たり前になっていくと、自分の本当の気持ちがどこにあるのかわからなくなってしまう。

小さな箱に閉じ込められた小鳥が窒息してしまうように。

「学校はどうするんだ！」

「もう期末テストも終わったって言ってたし、すぐに冬休みでしょう。三学期がはじまるまでには帰るんじゃないの？」

「三学期っていつだ？」

腹が立つ。わたしの手帳には、佐那の学校の予定が書いてあるのに、彼はそんなことすら把握していないのか。

「一月頭。それまでには帰るように言う」

「なにを言ってるんだ。そんな先まで佐那を放っておけるか」

「帰りたかったら、もっと早く自分で帰るでしょう」

押し問答だ。わたしは話を変えた。

「佐那は前から留学したいと言っていたのに、ダメだと言ったんでしょう。どうして？」

そう言ったとたん、彼はあきらかに狼狽《ろうばい》した。

「おまえは、佐那が心配じゃないのか。ひとりで日本より治安の悪い国に行ってどんな目に遭ってもいいと言うのか」

「そんなことは言っていない。日本にいたらなんの犯罪にも遭わないで済むわけじゃないし、別の国に行ったからって犯罪に遭うと決まったわけじゃない。それに、一度は応援するようなことを言ったんでしょう。わたしたちが離婚したときのことよ。それと、『おまえ』って言うのやめて。もう家族でもなんでもないんだし」

ひと息にまくし立ててしまった。

「じゃあ……どう呼べばいいんだ」

「自分で考えれば？」

突き放すようにそう言うと、彼は黙り込んでしまった。

「どうして、留学を応援すると言ったのに、掌《てのひら》を返してダメだと言ったの？　わたしから引き離して、自分と一緒にきてもらうため？」

「違う。そんなつもりはない。事情があるんだ」

知ったことか、と思う。

「その事情を聞いてもらいたい」

「わたしに言っても仕方ないでしょ。佐那に言わないと」

「佐那にはまだ言えない」

彼はそう言ったっきり黙ってしまった。

「佐那のことは佐那に言って。わたしは伝書鳩じゃない」

電話を切るために、そう言ったとき、彼が言った。

「相談にのってほしい」

「はあ？」

思わず、声が出た。

「話を聞いてほしい。佐那にはまだ言えない。電話では話しにくい。東京に来ることはないのか」

「そんなことを言われたって、年末年始はめちゃくちゃ忙しいし、そんなに休める仕事でもないの。東京にはたぶんこの先何ヶ月も帰るつもりはない」

「仕事？」

「ゲストハウスで働いているの。繁忙期真っ盛りなんですけど」

「ああ、おまえ……きみは、昔、ホテルで働いていたものな……」

独り言のようにつぶやく。

「日曜日、日帰りで京都まで行く。三十分でいいから時間を取ってほしい」

「そのくらいならなんとかなるけど」

会う時間を決めて、電話を切る。狐につままれたような気分だ。

いったい彼は、わたしになにを相談しようというのだろうか。


佐那が帰ってきたのは、夕方だった。

ふうちゃんたちは、前から予約していた格式の高い料亭に行くらしい。

「誘ってもらったけど、今度お母さんに連れて行ってもらうからって言って、断ってきた」

「なにそれ。お母さんもそんなとこ行ったことないよ」

「今回じゃなくていいよ。何年かは京都にいるんでしょ」

まあ、たしかにそうだ。それにゲストハウスのお客さんから、高級料亭などについて聞かれることはある。今は芹さんがおすすめする場所を紹介しているが、自分でもどういう店か知っておいた方がいい。

「楽しかったけど疲れたー。めちゃくちゃ歩いたよ。伏見稲荷って、あの鳥居の写真だけ見たことあるけど、ガチで山登りじゃん」

たしかに、短いコースでもそれなりに勾配《こうばい》があるし、二時間くらいかけて回るハイキングコースもある。

だが、街中にいてはわからない、京都の自然の美しさを楽しむことができる。外国人観光客に人気なのは、千本鳥居が写真映えするからだけではないと思う。

「晩ご飯どうする？　なにか作ってもいいし、食べに行ってもいいし」

「お母さんの唐揚げ食べたい！」

談話室の畳に寝っ転がりながら、佐那が言った。

「了解。鶏肉《とりにく》買ってあるから作れるよ」

「やったー。タルタルソースも作ってほしい」

佐那は子供のとき、偏食だったが、鶏の唐揚げにタルタルソースをかけたものを喜んで食べていた。中学生になってからは、「太るからタルタルソースはもういらない」と言われて、作らなくなっていた。

「いいの?」

「今日は、すごく歩いたからいいのー」

甘えられることが、たまらなくうれしい。際限なく甘やかしたくなる。

「そういえば、日曜日にお父さんが京都にくるって」

「えっ、なんで? わたしまだ帰らないよ」

佐那が飛び起きる。わたしは首を傾げた。

「うーん、どうも佐那を連れ戻しにくるわけではなさそうなんだよね。わたしに話があるって」

「えっ、そうなの?」

「うん、だから会いたくないなら、一日出かけてたら? 北山《きたやま》の方とかも楽しいよ。植物園もきれいだし、おしゃれなカフェや雑貨屋もあるし」

「ゼリーポンチフロートだっけ? 食べたい」

「それは日曜日はちょっと混むから、平日に行こう。お母さんと一緒に」

「うん」

佐那は胡座《あぐら》をかいて、腕組みした。

「お父さん、どうしたんだろ。初音さんに捨てられちゃったりして」

洗濯物を畳んでいたわたしは、驚いて手を止めた。

「えっ、あんまりうまくいってないの?」

「うーん、どうだろう。お父さん、よく怒られてる。帰りが遅くなっても連絡しないとか、ベッドをぐしゃぐしゃにしたまま出勤するとか」

それはわたしにとっては当たり前のことで、咎《とが》めることさえしなかった。初音さんは、それを当たり前だとは考えていない。ちょっと、いい気味だと思った。

「ねえ、お母さん。もし、お父さんがやり直したいって言ってきたらどうする？」

思いもかけないことを言われた。

「ないない。ありえない」

電話の様子からも、そんな気配は微塵《みじん》もない。

「もしも、だよ」

少しだけ考えてみたが、答えは決まっている。

「もう無理かな。お母さん、ここでしばらく働くって約束しちゃったし、今はお父さんより、わたしを頼ってくれる人の方がずっと大事だし……。もちろん、佐那のことはもっと大事だよ。でも、佐那はこれからお父さんやお母さんから離れて、自分のやりたいことを実現していくんでしょ」

「うん……」

「だから、佐那のサポートはするし、佐那が高校卒業して、留学が実現するまで、京都に来て一緒に住みたいなら、もちろんそれはうれしいし、歓迎する。でも、東京にはしばらく戻らない。五年後や、十年後はわからないけれど」

「そっか……」

洗濯物を畳み終えて、脇へどかす。そろそろお米を研がなければならない。

「もし、お父さんが、佐那と話したいと言ったら、メッセージ送るから。そのときの佐那の気分で決めたらいいよ」

「うん、わかった」

佐那はまた畳に大の字になって、息を吐いた。

「でも、お父さんに聞いて。どうして、留学が無理なのか。お母さんと離婚するときは、応援するって言ってたくせに、どうして掌を返したのか」

佐那は怒っているのだ。自分の望みが叶《かな》えられなかったからではない。

自分のこれからを決める大事な決断をするときに、出された条件が、嘘だったかもしれないことに。それは正当な怒りだ。

わたしは頷《うなず》いた。

「うん、聞いておく」

日曜日、佐那は昼ご飯を食べて、出かけていった。ミニシアターで映画を観ると言っていた。

映画を観ている間は携帯電話の電源を切るだろうから、メッセージを送ってもすぐに返事は来ないだろうが、邦義からは佐那を連れて帰るとも言われていないし、たとえ彼がそのつもりでも、わたしが協力する筋合いはない。

待ち合わせの喫茶店に向かう。

観光地から離れていて、いつもそんなに混んでいない喫茶店だ。到着すると、邦義は席に座って待っていた。

どこかぼんやりとしているように見える。こんなに小さい人だっただろうかと考える。

数ヶ月前までは、毎日顔を合わせていて、なのに、少しもわからなかった人。

彼もわたしを見て、少し驚いた顔になった。

彼にとっても、わたしは、一緒に暮らしていたときと違うように見えたのだ。そう思うと少しおかしかった。

前に座って、ホットコーヒーを頼む。彼の前にはアイスコーヒーのグラスがあった。グラスの中身は半分ほど減っているから、少し早く着いたのかもしれない。

「ひさしぶり」

そう言うと、彼は頷いた。

「ああ、佐那は元気にしているか」

「うん、元気だよ。学校を辞めさせるつもりはないから、三学期までに説得して帰るように言う」

その頃には、佐那の気持ちも少しはほぐれているだろう。それに彼女も学校に行きたくないとまでは思っていないはずだ。

「佐那に、留学を諦《あきら》めるように言ってくれないか。進学を諦めろとまでは言わない。大学の学費は出す。親として、それで充分だろう。円安もひどくなっているし、うちは留学させられるような家ではない」

わたしはコーヒーにクリームを入れてかき混ぜた。黒と白がマーブル状になって溶け合っていく。

あんなに許せないと思っていたのに、実際に会ってみると、感情が動かないことに驚く。あったはずの愛情も怒りも、なにもかも曖昧《あいまい》になっていく。ここにいるのは、もう遠い人だ。

「でも、邦義さんは言ったんでしょう。わたしと一緒にきたら、留学なんてできない。自分と一緒にきたら、させてあげられるって。あの子は、それに腹を立てている。邦義さんが嘘をついたのだと思っている」

「それは……。だが、おまえの方に行ったら、留学なんかできないのは本当だろう」

「だから、おまえって言わないで。もう他人だし、他人になりたいと言ったのは邦義さんでしょう」

彼の目が驚いたように見開かれる。

「……すまない」

不思議なことに、情のようなものはまだ残っていて、うなだれる彼を少し可哀想だと思う。だが、もう愛してはいない。

彼がわたしを愛していないように。

邦義は少し苦しげに息を吐いた。

「あの頃と状況が変わってしまった。あのときは、俺の稼いだ金も、生活費を除いて全部佐那に注ぎ込んでもいいと思っていた。俺のわがままで、おま……きみとも引き離すことになってしまった。その……妻は、俺以上に稼いでいるし、俺が稼ぐ金なんて、当てにしていないはずだし……」

少しムッとする。専業主婦だったわたしが、まるで彼の金を当てにしていたような言い方に聞こえる。だが、こんなことを口に出すのは僻《ひが》みっぽく聞こえるのではないか。そう思って、言いたい言葉を呑み込んだ。

「初音さん、だったよね。なにか状況が変わったの?」

身体でも悪くしたのか。それとも仕事を続けられない事情ができたのか。

邦義はしばらく黙っていた。アイスコーヒーをごくりと飲んで、ようやく口を開く。

「子供ができた」

「えっ……それは……おめでとう……」

自然に口に出たが、頭が混乱する。邦義も困ったような顔のまま答える。

「あ……ありがとう……」

「初音さんっておいくつだっけ」

「俺より、二つ下。四十二歳だ。でも、彼女は産むつもりだと言っている。正直に言うと、俺はうれしいかどうかまだわからない。だが、彼女が産みたいと言うならば、それを拒絶することなんてできない」

かなりの高齢出産になる。邦義だって、想像すらしていなかったのだろう。

「正直言うと、怖い。高齢出産は、障害がある子供が生まれてくる可能性だって高くなる。彼女は仕事を続けるつもりでいるが、それができなくなる可能性も理解している。そうなってしまえば、後は俺が働いて、初音と子供を養うしかない。貯金も、もうそんなにないし、佐那を留学させて、もし、サポートが必要な子供が生まれたら、両方を支えるなんて無理だ。子供が大学に行くまで、自分が今の仕事に就いていられるかどうかもわからない」

貯金がそんなに残っていないのは、わたしに慰謝料を払ったからだろう。

嫉妬《しっと》とか哀しみのような感情は湧いてこなかった。まるで昔の同僚に子供ができたと言われたみたいだ。

「それ、佐那は……」

「まだ知らない。言っていないし、どんな顔をして言えばいいかわからない」

「わたしが佐那に言っていいの？」

邦義は首を横に振った。

「わからない。どうすればいいのか」

だが、隠しておけるようなことではない。初音さんの体調だって変化するだろうし、言ってもらえない状態で察してしまうのは、いいことではない。

「じゃあ、わたしから言う。それでいい？」

「……すまない」

今の佐那は、邦義に会いたくないと言っているし、それならわたしから伝えても、彼から直接言ってもらえなかったことに傷つくことはないだろう。

「だから、留学は無理だ。そう言ってくれ」

「それは自分で言って。それも、留学は無理だと言うんじゃなくて、お父さんは留学費用を出せないって言って。奨学金を取るとか、他にも方法があるんだから」

わたしの言葉に、邦義は少し傷ついたような顔になった。

「奨学金なんて狭き門だろう」

「たとえそうでも、やみくもに可能性を閉ざすのではなく、事実のみを言って。それが理解できないような佐那じゃない」

彼はかすれた声で言った。

「そうだな……」

　わたしはまた思う。こんなに小さい人だっただろうか。


　風待荘に帰り、仕事をする。

　今日到着したのは、ウルグアイからやってきた家族だった。両親と子供ふたりと祖母、みんな太陽みたいに笑う人たちで、一気に風待荘が明るくなった気がした。

　ふたつの部屋に案内し、館内の設備や、ルールを説明するが、質問がどんどん飛んできて、あっちこっちへ話が脱線する。

　それでも、笑顔を見ていると、わたしも自然と笑顔になる。

　ようやく説明が終わって、フロントに戻り、パソコンで予約をチェックして、備品なども発注する。

　ゲストハウスの引き戸が開く。出かけていた滞在ゲストが帰ってきたのかと思ったが、佐那が立っていた。

「今、忙しい？」

「ううん、落ち着いたところ。お父さんも帰ったよ。佐那には帰ってきてほしいみたいだったけど、今日のところは」

「ふうん……話ってなんだったの？」

「それがね。びっくりよ。初音さんに赤ちゃんができたんだって」

「ええっ、マジで！」

こういうことはさらっと言った方がいい。

「えっ、嘘。びっくり……でも、そっか……。ありえないことじゃないもんね」

「お父さんもまだうれしいというよりも、戸惑ってるみたい」

「えっ、じゃあ、わたし、お姉ちゃんになるってこと？　ヤバい！」

「そう。お姉ちゃんだよ。すごいね」

なにがすごいのかわからないけれど、そう言ってしまう。関係のないわたしも不思議と心が弾んでくる。関係がないからこそかもしれない。

そういえば、小学生くらいのとき、佐那は弟か妹が欲しいと言っていた。叶えることはできなかったけれど。

たぶん、わたしは人生があまりにも複雑で豊かなことに驚いているのかもしれない。いつか、機会があれば佐那を挟んで、初音さんにも会ってみたいと思う。

「それでね。お父さんが留学はダメだと言ったのは、そのせいで費用を出してあげられないかもしれないってこと。生まれてくる子供が健康かどうかもまだわからないし、初音さんが仕事を続けられるかもわからない。奨学金とかで行くことまでは禁止するつもりはないって」

「え、そうなの？　だったらそう言えばいいのに」

　佐那は考え込んでいる。

「そっか……、そうだね。わたしが留学したせいで、妹か弟が大学行けなくなったりしたら不公平だもんね。奨学金、調べてみるか」

　わたしはノートパソコンを閉じて、言った。

「それに、奨学金が無理だったら、わたしが費用を出すよ。お父さんからもらった慰謝料、まだ手つかずだし」

「えっ、でも、それはお母さんが……」

「うん、わたしが新しい家と、仕事を見つけたり、傷ついた分楽しいことをするためにもらったお金だよね。でも、わたしには今、家も仕事もある。芹さんは来年から病気の治療のために長期で休みを取って、わたしがその代わりに働くことになっているから、すぐに失業することもない。お金を使って回復させなければいけないほど落ち込んでいるわけではない」

　それは嘘でも、虚勢でもない。

「佐那が、自由に未来を選んでくれることがいちばんうれしい。それと、出世払いで返してくれたら、老後資金にするからもっとうれしい」

「わかった。まずは、奨学金を探してみて、それが取れるように頑張る。だったら、お母さんに迷惑かけなくてもいいし。それが無理だったらお願いする」

佐那は急にそわそわしはじめた。

「えっ、つまり、初音さんって、今身体に気をつけないといけないってこと？」

「そうね。まだ何ヶ月かは聞いてないけれど、たぶん、悪阻《つわり》もある時期だろうし」

「じゃあ、帰ろうかな。初音さんが心配だし。お父さん、全然頼りないしさ」

急に寂しくなった。もう少しいてほしいと頼めば、佐那はいてくれるかもしれない。ただ、それは言いたくなかった。

たぶん、佐那と初音さんは、お互いとても努力をして、いたわり合っている。自分たちの力で家族になろうとしているのだ。

「また、いつでもおいでね」

「うん、春休みにまたこようかな」

「うん、そうしなよ。きっと、春の京都はとてもきれいだよ」

わたしも見たことはないけれど想像することはできる。

きっと、とてもきれいだ。


二日後、佐那と二人で、ゼリーポンチの食べられる喫茶店「ソワレ」に行った。

店内は満席だったが、しばらく待てば入ることができた。

佐那はヨーグルトポンチを頼み、わたしはゼリーポンチを頼んだ。

店内は薄暗く、青いライトの淡い光だけで照らされている。まるで海の底に沈んでいるみたいだと思ってしまう。

しゅわしゅわとしたサイダーの中に沈んだ、色鮮やかなゼリーをスプーンですくって食べる。かすかなフルーツの香りは儚《はかな》く口の中で弾《はじ》けて消える。

「ステファンが、レイキャビクに遊びに行ったら案内してくれるって言ってくれた。いつか行けるかなあ」

佐那はステファンくんと仲良くなったらしく、昨日も談話室で話し込んでいた。

「いつだって行けるよ」

昔ならアイスランドなんて、とても行けないほど遠い国だと感じてしまっていたかもしれない。

今ならわかる。行きたければ、行く手段はあるのだ。昨日はウルグアイについて調べてみた。遠かったが、向こうからこられるということは、こちらからも行きたければ行けるということだ。

「年明けに東京に来るって言ってたから、東京を案内する約束をした」

「へええ……仲良しだ」

ちょっとからかうような口調でそう言うと、「まだ子供じゃん」と言われた。

そうだった。十代の頃の、一、二歳差はとても大きいんだった。二十代やもっと年齢を重ねてから再会すれば、きっともっと対等に話せるだろう。

喫茶店を出て、少しだけ四条河原町を歩いた。髙島屋で予約しておいた出町《でまち》ふたばの豆大福と、阿闍梨《あじゃり》餅《もち》を買って、佐那に託す。

「これは、わたしから佐那と初音さんに。まあお父さんも食べてもいいよ」

そう言うと、佐那はくすくすと笑った。

邦義はあの日、お土産を買って帰ったのだろうか。

そもそもわたしにもなにも持ってこなかったし、そこまで気の回る人ではない。

それから地下鉄で京都駅に向かう。新幹線の改札の前で、彼女と別れた。

「じゃあね。元気でね。初音さんによろしくね」

「うん、お母さんも元気で」

胸が締め付けられるように痛い。このあいだまで長いこと会っていなかったのに、何日か一緒にいただけで、離れることが耐えられない。

だが、この痛みに耐えることが、親であることなのだと思う。

13

年末年始は考えていたよりも、静かに通り過ぎていった。

ふうちゃんは、家族と一緒に東北《とうほく》の温泉宿に行ってしまったし、浅香さんは東京でひとりで過ごすと言っていた。波由も帰ってくると言っていたが、結局、舞台のカンパニーのみんなと一緒にどこかに出かけてしまい、風待荘に顔を出したのは、一月三日の午後だけだった。

「去年までは、ゲストハウスで大晦日《おおみそか》のパーティをしたんですけどね」

三が日が終わった後、談話室のこたつで、持ち帰り寿司《ずし》をつまみながら、芹さんがそう言った。

「欧米では、大晦日がいちばん盛り上がるらしいですもんね」

日本のように正月を祝うことはないが、年の終わりは、みんなで飲んで騒いで過ごす。そんな人には、日本の年末年始はさぞ静かに感じられるだろう。

「でも、日本の静かな正月を体験してもらうのも、それはそれでおもてなしかなって」

大晦日はレストランが休みだったり、開けていても閉店が早くなると聞いて、驚いているゲストもいた。わたしたちにとっては当たり前のことが、他の人にとっては当たり前ではない。そのことにももう慣れた。

昔のわたしだったら、自分の当たり前を揺るがされること自体を不快だと思ったかもしれない。今はそれをおもしろいと思う。

大晦日に騒ぐことを諦《あきら》めたゲストのうち、何人かは初詣《はつもうで》に行ってみたらしい。すごい人だったと聞いた。

わたしは、人混みに恐れをなしたので、そのうち八坂神社に行ってみるつもりだ。

パーティをやめた代わりに、三が日の朝に、雑煮を提供した。

一日目は「砂原」で教えてもらった京風の白味噌《みそ》のお雑煮、二日目はわたしの実家の、鶏肉《とりにく》と根菜の醬油《しょうゆ》味のお雑煮、そして、三日目はわたしのとっておきのレシピ、揚げ餅《もち》のお雑煮だった。

餅を揚げて、醬油味の鶏ガラスープをお椀《わん》に浅めに張り、大根おろしといくらと三つ葉をトッピングする。手間はかかるが、お雑煮が好きじゃなかった佐那も、このお雑煮は喜んで食べてくれた。

試作の時、芹さんに、「食べたいお雑煮はありますか」と聞くと、彼女は笑って首を振った。

「特にないです。眞夏さんの作るお雑煮、とてもおいしいです」

雑煮の味は、たぶん家族と密接に結びついているだろうから、それ以上聞き出すことは避けた。

邦義の実家の味、ぶりの入ったこってりしたお雑煮もおいしくて、わたしは気に入っていた。またいつか、作ることもあるかもしれない。

揚げ餅のお雑煮も評判がよかったが、一日目の白味噌のお雑煮がいちばん好評だった。金時《きんとき》にんじんと八《や》つ頭《がしら》、大根を柔らかく煮て、器に盛りつけ、柚子《ゆず》の皮を散らして、一番出汁《だし》に白味噌を溶いたものを注ぐ。

柔らかく、甘いのに、どこか凜《りん》としていて、京都らしいお雑煮だと思った。雑煮と言えば、鍋《なべ》で根菜を煮込んで、そこにお餅を入れるというイメージだったが、煮込まずに上から白味噌入りの出汁をかけるなんて、別の料理みたいだ。

なにより、芹さんが馴染《なじ》みの餅屋で買ってきてくれたお餅が、ほっぺたが落っこちそうなほどおいしかった。

大晦日に買ってきてすぐの、つきたてのお餅を安倍川《あべかわ》にして食べたが、このまま永久にいくつでも食べ続けられるのではないかと思ったほどだ。

スーパーなどで買う切り餅とは、別物だ。その代わり、日持ちはしないので、数日で食べきれない分は冷凍しなければならない。

芹さんの入院は、二週間後に迫っている。それまでに返事をするべきなのに、わたしはまだ答えを出せていない。

波由のように、彼女が無事に帰ってくると信じて、彼女の要望を受け入れられればどんなにいいだろう。

誰だって、自分の愛する人は、どんな治療にも耐えて、元気になって帰ってくると信じているはずだ。

芹さんは、わたしに面倒はかけないと言ったが、彼女の両親がどう考えるかはわからない。知らない人であっても、恨まれるのは気が重い。

わたしの、その逡巡《しゅんじゅん》に気づいているのか、芹さんは返事を急《せ》かさない。だが、タイムリミットは近づいている。

一月から、週に二日、千景がゲストハウスの手伝いにきてくれることになった。

夫の転勤がまたあるかもしれないからと、返事は保留にされていたのだが、どうやら今年いっぱいは異動はなさそうだということがわかり、手伝ってくれることになったのだ。

「ああー、懐かしいなあ」

フロントでする作業を教えていると、千景は感慨深そうにそう言った。

「ホテルで働いてたときのことを思い出す?」

「うん、ひさしぶりに戻ってきた感じがする」

経験はわたしよりもずっと長いから、接客はお手のものだろう。英語と中国語だってできる。

「でも、ホテルと違って、うちは掃除とかも自分でやらないといけないんだよね」

正直、部屋の汚れ具合にうんざりすることも多いし、酔った客に襖《ふすま》を破られたこともある。きれいなだけの仕事ではない。

「身体を動かすのは好きだから、大丈夫。ガイドでも場合によったらめちゃくちゃ歩くし」

こちらから頼んだことだが、ガイドの仕事の方が割がいいのではないかと心配になる。

そう言うと、彼女は少し首を傾げた。

「まあ、単純に拘束時間とお金を考えたら割はいいんだけど、毎日仕事があるわけじゃないし、わがままな客もいるし、セクハラもドタキャンもあるしさ」

「そうなんだ……」

たしかに、いきなり知らない人とふたりきりになることもある仕事だ。嫌な思いもするだろう。

「夫も、わたしがガイドやることをよく思っていないみたい。友達の働いているゲストハウスでバイトさせてもらうと言ったら、喜んでた。だからいいの」

そう言った後で、付け加える。

「ガイドの仕事もやるけどね。楽しいことの方が多いし」

そう聞いてほっとする。

「でも、今は京都が近いから、ガイドやゲストハウスの仕事もできるけど、もし、観光地から遠い場所に転勤が決まったら、どうしようかなと思うよ。また中国に戻る可能性もないわけじゃないしさ……」

「中国に行ったら、日本人相手のガイドできるんじゃないの？」

「駐在について行く妻は働けないのよ。ビザが違うからさ」

それは知らなかった。

働き続けることだけが幸せだとは限らない。それはわかっているが、なぜこんなに壁があるのだろうと考える。

「昔、三食昼寝付きとか言われてたよね。専業主婦のこと」

そう言うと、千景は、ははっと笑った。

「言われてた、言われてた。それより、わたしがむかつくのは『女性の社会進出』ってやつ」

まるでフルタイムで働いていなければ、社会にいないみたいだ。それなのに、子育てとか、介護とか、ＰＴＡとか、家にいる女性を当てにするような役目がたくさんある。

納得できないことばかりだ。

「でもまあ、自分のできることを探していくしかないよね。いきなり別の社会に転生できるわけじゃないし」

千景の言葉に頷《うなず》くことしかできない。

世の中はままならないことばかりで、それでもひとつずつ、自分の欲しいものを選び取っていくしかないのだ。

正月気分が抜けて、日常が戻ってきた頃、わたしは大阪に波由の出る舞台を観に行った。浅香さんは東京で観たと言っていたし、芹さんはふうちゃんと一緒に別の日のチケットを取ってもらっていた。芹さんとわたしが一緒に出かけると、ゲストハウスで問題が起きたときに困る。

京都にきてから、三ヶ月。季節はすっかり変わったが、大阪にははじめてきた。阪急の大阪梅田《うめだ》駅で降りると、あまりの人に、目眩《めまい》がしそうだった。

ほんの何ヶ月か前までは、もっと人の多い東京に住んでいたのが、嘘みたいだ。もちろん京都も、四条河原町あたりは人が多いし、観光地には観光客がたくさんいる。

だが、こんなふうに地下街に人があふれているようなことはない。しかも、みんなやけに歩くスピードが速い。

もたもたしていると、人の海に呑《の》み込まれてしまいそうだ。

苦労しながら、地下鉄に乗り換え、なんとか劇場まで辿《たど》り着いた。

チケットをもぎってもらい、きょろきょろしながら、席に着く。

演劇など観に来たのは、何年ぶりだろうか。たしか、佐那が小学生くらいの時に、友達に誘われて、東京でミュージカルを観たっきりだ。

そのミュージカルはとても素敵だったけれど、チケット代も高いし、自分から観に行こうとまでは思わなかった。

波由が出ていなければ、この舞台を観に来ることもなかっただろう。

人と出会うことは、少し世界が広がることだ。ふうちゃんと会って、アイスランドのニュースなどもよく目に入るようになった。

そういえば、少し前、佐那からメッセージが届いていた。

「ニュースで見たんだけど、アイスランドって、男女平等が世界一、進んでいるんだって。すごいよね。絶対、いつか行く」

少し前までは、まったく関係ないと思っていた土地に、今は友達がいる。佐那の世界も少し広がったはずだ。そして、この先、もっと大きな世界に出会っていく。わたしが想像もできないほど広い世界に。

アイスランドのジェンダーギャップについては、ふうちゃんとも話をしたことがある。

彼女は遅れた日本を見下すようなことは言わなかった。

「もちろん、それはわたしたちが勝ち取ってきたことで、わたしたちの誇りです。でも、人口の少ない国に住むわたしたちには、能力のある人を属性で排除するような余裕なんてないんです。それがいちばんの理由です」

なら、人口減少に歯止めがかからない日本だって同じではないだろうか。そう思ったことを覚えている。

開演ブザーが鳴る。わたしはあわてて携帯電話の電源を切り、席に座り直した。


「すごくよかったよ！　波由すばらしかった！　客席でボロ泣きした」

帰りの電車の中で波由にメッセージを送る。

「やった！　でも、泣くような舞台じゃなくない？　それに楽屋にきてくれればよかったのに」

「感動しすぎて、もう電車乗っちゃったよ」

楽屋に行くなんて考えもしなかった。

舞台は少し難解で、完全に理解できたかどうか確信は持てないのだが、コンテンポラリーダンスのようなアンサンブルの動きがあまりに美しく、舞台から目が離せなかった。

そのアンサンブルの真ん中に波由がいた。いや、真ん中ではなかったのかもしれないが、わたしの目には、彼女がいちばん輝いているように見えた。

普通の人間ならとてもできないような複雑な動き、指の先まで神経が行き届いて、樹にも水にも風にもなる。

あまりに美しくて、途中から涙があふれてきた。

人の身体はこんなにも自由で、こんなにも優雅なのか。舞台を観慣れていなくても、その美しさはわかる。

「とてもよかった。もし、波由がわたしの本当の娘でも、これ観たら応援したと思う」

「ほんと？　めっちゃうれしい」

それは舞台を観ていたときから考えていたことだった。

前に、波由から聞かれたことがある。波由が本当の娘だったら、髪をピンクにしていることも、定職に就かず役者を目指していることも受け入れて、小言を言わずにいられたか、と。

そのときは、髪は受け入れられても、役者志望は難しいのではないかと思った。でも、今なら、そうは思わない。

波由の人生は波由の人生で、彼女に選ぶ権利がある。佐那の人生がそうであるのと同じだ。

そして、邦義の人生もそうだったのかもしれないとも思うのだ。

わたしはただ、前を向いて、自分の人生を探すしかない。

「ああ、波由が遠くに行っちゃう……。きっとあっという間に売れて、ブロードウェイとか行っちゃうんだ……」

「お母さんは、親バカが過ぎる」

そんなメッセージがきて、電車の中なのに笑顔になってしまった。

「どんなに遠くに行っても、ときどきは帰るよ」

数ヶ月に一度か、それとも何年かに一度か。それでも、「帰る」と思える場所があるのはいいことだ。

足取りがふわふわふわして、夢の中にいるみたいで、帰りに電車を乗り間違えた。


電車を乗り間違えて、その上迷ったせいか、家に帰り着いたのは、終電の少し前だった。

晩ご飯も食べそびれてしまったので、コンビニでスープを買って帰る。バナナを買ってあったから、それを食べたら朝までは持つだろう。

十二時を過ぎているのに、ゲストハウスの談話室の灯《あか》りはまだついている。話し声のようなものも聞こえるから、ゲストたちがお酒を飲んで、話し込んでいるのかもしれない。

シェアハウスの鍵《かぎ》を開け、中に入る。こちらもまだ灯りがついている。

談話室のこたつに、芹さんが座っていた。その背中が寂しそうで、思わず衝動的に口に出していた。

「芹さん、前に頼まれたことですけど、もし、芹さんがそれでいいのならそうしてください」

彼女が驚いた顔で、こちらを見た。あまりに急すぎたと思うが、言ってしまったものは仕方ない。

「ほんとですか……？」

「ほんとです。もしもちろん、他に適任の方がいるのなら、そのほうがいいと思うけれど、わたしも風待荘が好きだから……」

冬は寒くて、きっと夏は暑い。でも、風通しがよくて、いつも誰かがいて、そして誰かが帰りたいと思う場所。わたしにとって、ここはそういう場所だ。同じように思う人が他にいるのなら、ここを守りたいと思う。

「よかった……断られるかもしれないってずっと怖かったです」

「お返事遅くなってすみません」

「いえ、いいんです。わたしも無理なことをお願いしたと思っています。でも、絶対元気になって戻ります。眞夏さんに後悔はさせません」

あんなに悩むことなんてなかった。そう思える結果になるように、わたしも祈る。

「波由のお芝居、どうでしたか？」

「難しいところもあったけど、とてもよかったです。波由、輝いていました」

「そうですか。わたしも楽しみ」

芹さんが、ふうっと息を吐いた。

「汚らしいって言われたんです」

「え……？」

彼女がなにを言っているか、すぐにはわからなかった。

「ゲストハウスをやりたいと思って、でも、京都に物件を買うのは簡単じゃないから、夜の仕事で働いていました。ぶっちゃけて言うと、風俗ってやつです。伯父《おじ》が一度、客としてやってきたんです。もちろん接客は別のキャストに替わってもらいました。まずいな、とは思ったけど、伯父だって客として利用しているのだから、悪いようには言わないだろうと考えたんです。甘かったです」

どこか投げやりな表情で、彼女は笑った。

「すぐに両親に伝わって、家に帰るように叱責《しっせき》されました。父は怒鳴り、母は泣き叫んで、家の恥だ、縁を切る、汚らしいって。おかしいですよね。縁を切るといいながら、帰りなさいって言うの。子供の頃と同じ。毎日厳しい練習を強いながら、どこかで『この子は音大に行くほどではないだろうな』って思ってたんでしょうね」

人間は、自分で思っているほど一貫性を保つことなどできない。それでも、彼女に優しさを持って接することはできたはずだ。

「自分でも、心が狭いとは思います。でも、わたし、あの頃から動けないでいるんです。わたしは、あの人たちの思い通りに動く駒じゃないし、都合のいいときだけ、愛情を注ぐペットじゃない。わたしのことは汚らしいというのに、客として利用している伯父とは平気でつきあいを続けている。絶対に許さない。妹が直接悪いわけではないけど、妹ともつきあいたくない」

芹さんは深く息を吐いた。

「家族に復讐《ふくしゅう》したいとか、不幸になってほしいとか思っているわけではない。でも、わたしの大事なものを、あの人たちが大事にしてくれるとは思えない。だからあの人たちには渡したくないんです」

わたしは、荷物を置いて、こたつに入り、彼女の顔を見た。

「芹さんは、動けないんじゃない。ちゃんと動いています。風待荘を切り盛りして、病気とも闘って、ちゃんと、許せない人から距離を取って、生きている」

芹さんは驚いた顔で、わたしを見た。

「心が狭いわけでもないし、冷たいわけでもない。むしろ、芹さんを遠ざけたのは、ご両親の方です。芹さんが悪いんじゃない」

彼女は顔の前で手を組んだ。

「わたし、知ってます。芹さんは優しくて強いです。罪悪感を抱くことなんてないし、動けないなんて思わなくていいです。芹さんが帰ってくるまで、わたしたちが風待荘を守ります。波由も千景も手伝ってくれます」

彼女は小さな嗚咽《おえつ》を漏らした。泣いていることがわかったから顔を見なかった。

その一週間後、芹さんが入院する日になった。

その日は朝から一緒にタクシーで病院に行った。受付で彼女が手続きをするのを見守った。

書類の記入を終えて、病室に移る。わたしは荷物を持ってついて行った。

「ありがとうございます。ここで大丈夫です。たぶん、前処置がはじまったら、無菌室越しにしか会えなくなるし、風待荘の面倒なこと、いろいろおまかせしてしまうと思います」

「大丈夫です。まかせてください」

千景はやはりとても気が回る。わたしの気づかなかったシステムの不備などを見つけてくれたし、ゲストへの接客も手慣れている。自分が仮の責任者として判断しなければならないことがあっても、彼女が相談に乗ってくれれば大丈夫だと思う。

芹さんは小さな紙をわたしに差し出した。

「これは……？」

「妹の電話番号です。彼女にだけは、わたしの容態を伝えてくれてもかまいません」

櫻子さん自身から、電話番号は教えてもらったが、芹さんがいいと言わない限り、連絡するつもりはなかった。

「入院の保証人、ふたり必要だと言われたので、叔母《おば》と妹にしました。だから、そう言っておいてください」

「わかりました」

治療の内容はだいたい聞いた。抗がん剤を使っての前処置、骨髄移植、その後は、免疫反応を抑制しながら、移植した骨髄が定着するのを待つ。数ヶ月か、半年、芹さんは病院で、命の危険すらある治療と向き合う。

わたしの表情に気づいたのだろう。彼女は柔らかく笑った。

「大丈夫です。わたし、勝ちます。欲しいものは全部手に入れてきたんです。自分の家も、ゲストハウスも、そして仲間も」

わたしは頷いた。

「芹さんが帰るのを待っています」

関西空港へは、京都駅からＪＲの特急で一時間三十分くらい。乗ってしまえば楽だが、やはりけっこう遠い。

今日は、アイスランドに帰るふうちゃんを見送るために、浅香さんと波由と一緒に関西空港までやってきた。

電車を降りて、出発ターミナルへと向かう。わたしははじめて訪れるから、なにもかもが珍しい。

さすがに二年滞在したふうちゃんは、大荷物だ。スーツケースがふたつに、手荷物用の大きなバックパック。スーツケースのひとつは、わたしが持って、バックパックは波由が担いでいる。

「家族に少し持って帰ってもらったんですけど、荷造りが大変でした。でも、持って帰りたいものがたくさんあるんです」

いつか、わたしが京都からどこか——たぶん東京に——帰ることがあったら、同じように思うだろう。

それでももう、東京にはわたしの帰る場所はないような気がする。もちろん故郷ゆえの懐かしさはあるし、大好きな土地ではあるけれど、帰る家はもうどこにもない。

それでも生きていくしかないし、だからといって不幸だとは思いたくない。

「寂しくなるねえ」

浅香さんがためいきをつく。

「また絶対、日本にきます。そのときは、風待荘に帰ります」

ふうちゃんはそう言って笑った。彼女は、そうしたいと思ったらそうするのだろう。だから、わたしは風待荘で待つ。

「アイスランドにもきてくださいね。いいところですよ。日本と比べたら、ずっと静かだけど、それでも見せたいものがたくさんあります」

まだ想像もできないが、芹さんが帰ってきて、長い休みが取れるようになったらそうしてもいいかもしれない。もしかしたら、佐那と一緒に。

波由は、「絶対行くね！」などと答えている。

若い子の約束は頼もしい。わたしは、波由のように「絶対」とは言えないけれど、「行きたいです」と答える。

ふうちゃんは、最後に頷くと、チェックインカウンターへと向かった。わたしは少し泣きそうになる。

悲しいからではない。世界は広くて、わたしだってどこにでも行けるのだと思ったからだ。

波由が大きく伸びをした。

「さ、帰ろうか。京都駅でなんかおいしいものでも食べて」

今日は千景がいるから、急いで帰らなくてもいい。

「観光客で混んでるでしょ。家の近所の方がいいよ」

浅香さんがそんなことを言う。

「やっぱりそうか。じゃ、そうする？」

波由がわたしの顔をのぞき込む。わたしは涙を拭《ぬぐ》って頷く。

「うん、帰ろう」

エピローグ

空港から出て、身震いした。

飛行機の中も空調が効いて、ずっと涼しかったのに、身体が驚いている。

隣で佐那が声を上げた。

「さむっ」

あわてて、リュックの底に入れてあったジャケットを羽織る。佐那が「ヤバイ。上着スーツケースの中だよ」などと言っている。

若い子は、気温変化に対する備えが足りない。

わたしが渡したストールを身体に巻いて、佐那は、スマートフォンをチェックする。

「ふうちゃんさんと、ステファンはもうすぐ到着するから、出口で待っててって」

ついでにレイキャビクの気温もチェックしたのだろう。

「十六度だって！　冬じゃん」

東京も京都も連日三十六度とか三十七度、ひどいときは三十八度という気温が続いた夏だった。エアコンだって、こんな温度にはしない。

佐那は目をぐるっとまわした。

「もっと日本が暑くなったら、夏はこっちに住みたいねえ。あ、あれじゃない？」

白いミニバンが駐車場に入ってきた。中で誰かが手を振っているのが見える。車は駐車場に停まり、ステファンくんが車から降りて、走ってくる。最後に会ったのは、八ヶ月前。十代の男の子は、そんな短い期間でも、少し大人びてみえる。

佐那とステファンくんは軽いハグで再会を喜んでいる。

少し遅れて、ふうちゃんが車を降りてきた。

「眞夏さん、佐那ちゃん、おひさしぶりです！」

スーツケースはステファンくんと佐那とで、運んでくれた。

「芹さんは、お元気ですか？」

「うん、ずいぶんいいみたい」

退院して一ヶ月、まだできないこともたくさんあるし、普通の生活と言うには禁忌が多すぎる。それでも彼女は退院して、風待荘に戻ってきた。まだ身体を動かす仕事はわたしと千景でやっているが、デスクワークをやってもらえるだけで助かるし、なによりオーナーが近くにいると、なにもかもがスムーズだ。

入院中はつらいこともたくさんあったはずだ。面会制限が多くて、家族ではないわたしたちはめったに会うことができなかったし、毎日送られてきたメッセージが、一ヶ月以上途絶えた時期もあった。

これからだって、立ち向かう壁はある。

それでも彼女は、いちばん大きな壁を越え、今風待荘にいて、笑っている。

四人で、ミニバンに乗り込む。これから六日、ふうちゃんの家に泊めてもらって、アイスランド観光をするのだ。

佐那は、助手席のステファンくんにスマートフォンの待ち受け画像を見せた。

「見て。わたしの弟」

わたしも何度も見せてもらった。顔がくしゃくしゃの新生児。ちっちゃくて、かわいくて、抱いた感触まで想像できそうだ。

「可愛いです。何歳ですか？」

ふうちゃんの日本語は、京都にいたときより、少したどたどしい。

「今、一ヶ月半かな」

そのことで、佐那はわたしと一緒にレイキャビクにくるか、ずいぶん悩んでいた。だが、初音さんの両親や、きょうだいがしょっちゅうやってきて面倒をみているらしく、心配ないと判断したようだ。

驚いたことに、邦義も育休を取ったという。退院してから、一ヶ月。まだ一ヶ月取れるらしいので、そのタイミングは初音さんと相談して決めるそうだ。

風待荘のゲストハウスは、今年の四月から、本格始動することにした。千景が、できれば週五日働きたいと言い、それならということで、芹さんとも相談して、空室があれば一泊からでもゲストを入れることにしたのだ。

やはりそうなると、忙しさは全然違うが、ふたりならそれでもやっていける。

だが、祇園祭も行けないし、五山送り火も見られない。それでも、街が華やいでいることは見に行かなくてもわかる。

八月と九月は、波由が舞台の仕事がないと言うから、アルバイトに入ってもらっていて、わたしは一週間の夏休みを取れたというわけだ。

ひとりでもアイスランドに行ってみるつもりだったが、佐那に話すと、彼女も行きたいと言い出した。

たしかに来年は受験勉強があるし、大学に進学してしまえば、旅行はきっと友達と行くだろう。数少ない機会かもしれない。

車は、広い平原が続くだけの道をしばらく走り、やがてレイキャビクの街に入った。小さな建物ばかりの、静かな街だった。

海沿いの道路を走る。家や建物は小さいし、パリやロンドンみたいに美しい装飾のある建物があるわけではないが、どの家も、持ち主に愛情を注がれている気がした。

佐那が歓声をあげた。

「小さくて可愛い街」

ふうちゃんが、ふふふ、と笑った。

「アイスランドを一周して帰ってくると、今度はここが大都会に見えますよ」

「マジで！」

ああ、そうだ。世界はそんなふうに、ちょっとしたことで変わって見えるのだ。

急に、この先の人生が楽しみになった。

近藤史恵（こんどう　ふみえ）
1969年大阪府生まれ。大阪芸術大学卒。在学中に執筆した『凍える島』で鮎川哲也賞を受賞しデビュー。以来、細やかな心理描写を軸にした質の高いミステリ作品を発表し続ける。2007年刊行の『サクリファイス』が絶賛を浴び、同作で08年大藪春彦賞を受賞。その他の著書に『幽霊絵師火狂《かきょう》　筆のみが知る』『みかんとひよどり』『震える教室』『山の上の家事学校』『間の悪いスフレ』『さいごの毛布』『二《に》人《にん》道成寺』『桜姫』『ダークルーム』などがある。

本書は、「小説 野性時代」2023年11月号～2024年９月号に連載したものを加筆修正しました。

この作品はフィクションです。実在の人物・団体・事件とは一切関係がありません。

風待荘《かぜまちそう》へようこそ

2025年１月29日　初版発行
2025年５月10日　３版発行

著者／近藤史恵《こんどうふみえ》

発行者／山下直久

発行／株式会社KADOKAWA
〒102-8177　東京都千代田区富士見2-13-3
電話 0570-002-301（ナビダイヤル）

印刷所／株式会社ＤＮＰ出版プロダクツ

製本所／本間製本株式会社

●お問い合わせ
https://www.kadokawa.co.jp/（「お問い合わせ」へお進みください）
※内容によっては、お答えできない場合があります。
※サポートは日本国内のみとさせていただきます。
※Japanese text only

定価はカバーに表示してあります。

ISBN 978-4-04-114478-7　C0093